U0136441

日本語作文教室 II

文法総まとめ

改訂版（かいてい）

吉田妙子 編著

作文は上達する！

大新書局 印行

改版にあたって

初版を出して五年目。出版するや否や、内容の不備な点ばかりが目につき、いつ利用者から間違いを指摘されるかとびくびくしていましたが、今回大新書局のご厚意で改版の運びになりました。この本をお使いの皆様と大新書局に、心から御礼申し上げます。また、今回索引を作るにあたって協力してくれた、政治大学日文科大学院の二人の院生に感謝します。

1. この本の構成と使い方

文法規則は理解し、一応の成績は取れてはいても、実際にそれを応用して過不足なく自己表現するというのは、意外に難しいものです。文法を復習しながら作文を書き、さらに書きながら文法を強化する、というのがこの本のねらいです。そのため、最初に作文のテーマ、後に誤用分析が載せてあります。

この本は、ⅠとⅡに分かれています。

Ⅰの方は、台湾の大学で初級文法をマスターし、本格的な作文を書いてみようという学生のために作ったものです。ですから、だいたい大学の２年生から３年生程度の学生が対象になっています。(むろん、学校によって課程が違うでしょうから、大学の２、３年生に限りません。) 従って、例文も台湾の学生のなじみやすいものにしてあります。

第一部「身近な題材で気楽に書いてみよう」は、自分の体験を中心に自己表現するものです。ここでは、叙述的な文の学習が中心になります。各テーマごとに作文例とともに、作文に必要と思われる文型や文法を解説し、さらに文法練習や例文を作る課題が盛り込んであります。むろん、文法項目のすべてについて説明を網羅することはできませんでしたが、不足の分は「中国人学生の誤りやすい表現」(誤用分析) の部分で補ったつもりです。反対に、テンス・アスペクト、テ形の用法など、定着しにくいものは何回も出てきます。それらの項目は、回を重ねるごとに簡単な用法から複雑な用法へ、また中心的な用法から周辺的な用法へ、或いは観点を変えて、順に論じられています。

第二部「クイズ感覚で書いてみよう」は、しばしリラックスして、頭の体操の時間です。この部分は、作文を宿題にするのでなく教室内で書かせてもいいでしょう。

そしてⅡの方は、第三部「ちょっと硬いテーマに挑戦してみよう」として、与えられたテーマについて、効果的に展開したり、自分の意見や批判を書く課題です。これは、大学の３年生から４年生くらいのレベルになるでしょう。ここでは、第一部、第二部で身につけた文法知識を応用して、文章の展開のし方（いわゆる談話型）を主に学習します。会話の時には聞き慣れない用語や言い回しも出てくるかもしれません。この部分は、具体的なあるテーマについて討論しながら書いていくのもよい方法だと思います。

なお、第三部はテーマが８つだけでは少し足りないとお思いかも知れませんが、ここでは文章の展開のタイプを８つに分けたものですから、他のテーマにもいくらでも応用ができるものです。例えばテーマ17「身近な出来事を批判する」では、「自然破壊」「教育問題」など、教師がいくらでもテーマを変えてバリエーションを与えることができるものです。各テーマの後にある「応用課題」を利用してもいいでしょう。

以上の20のテーマは、一応やさしいものから難しいものへ、具体的な題材から抽象的な題材へと配列してありますが、全部のテーマを必ず使わなくてはならない、というわけではありません。また、順番どおりにしなくてはいけない、というものでもありません。授業計画に従って、自由に使ってください。

「自分の言葉で個性豊かに」は、学生が書いた実際の作文例です。それぞれ学生自身が修正した後のもの、またはまったく無修正のものを載せました。

また、教師が文法規則をどんなに厳密に教えても、学生は必ず誤用を起こします。それはむろん、学生の学習不足からきている場合もありますが、中にはそれが何故誤用なのか教師も説明がしきれない場合も多いことでしょう。誤用の根源をたどっていくと、教師自身が語法上の新しい規則を発見するなど、誤用分析から教えられることも多いはずです。「中国人学生の誤りやすい表現」は、そのような誤用例を集めてみました。Ⅰでは語彙の誤用を、Ⅱでは文法の誤用を扱っています。参考にしてください。

２．文法用語について

この本では、用語を次のようにしてあります。

①文体（ぶんたい）について

普通体（ふつうたい）：国文法で言う常体（じょうたい）（→２．文体について）

丁寧体（ていねいたい）：国文法で言う敬体（けいたい）（→２．文体について）

②動詞（どうし）の活用（かつよう）について

Ⅰ類動詞：国文法で言う五段動詞。

Ⅱ類動詞：国文法で言う上一段、下一段動詞。

特別動詞：来る、する

ナイ形：例えば、行カナイの行カの部分。

マス形：例えば、行キマスの行キの部分。

ル形：動詞の辞書形。行ク、見ル、等。

バ形：例えば、行ケバの行ケの部分。

ウ形：例えば、行コウの形。

テ形：例えば、行ッテの形。

タ形：例えば、行ッタの形。

命令形：例えば、行ケ、見ロ、シロ、来イ、の形。

③形容詞について

イ形容詞：寒イ、暑イなど、国文法で「形容詞」と呼ばれるもの。

ナ形容詞：キレイ、好キなど、国文法で「形容動詞」と呼ばれるもの。

活用語：動詞、イ形容詞、ナ形容詞、及び、名詞を述語化するダ。

ナ形容詞・名詞語幹：活用化させるダを除いた部分。キレイ、好キ、など。

テンス・アスペクト：普通体および丁寧体、肯定形および否定形を含む。

現在形：例えば、行ク、行キマス、行カナイ、行キマセン。

過去形：例えば、行ッタ、行キマシタ、行カナカッタ、行キマセンデシタ。

テイル形：例えば、行ッテイル。

テイタ形：例えば、行ッテイタ。

名詞節：述語を持つ修飾部＋被修飾名詞
例「私ガキノウ買ッタ本」

副詞節：述語を持つ修飾部＋接続助詞
例「私ガキノウ本ヲ買ッタノデ」

複合助詞：いくつかの語（多くは、助詞＋動詞テ形または連用中止形）が複合して助詞の役割をしているもの。例：～ニトッテ、～ニツイテ、等

なお、文型はカタカナ書き、作文例中にある例文はひらがな書き、作文例中にない例文はカタカナ書きとします。

3. 作文授業へのアドバイス

作文には、いろいろな指導法があると思いますが、ここでは文法中心の指導法のヒントをご紹介したいと思います。

まず、学生諸君は辞書を引くのを厭わないことです。知っている単語でも、動詞に伴う助詞、活用のし方、具体的な使い方、漢語の場合は品詞、日本語との微妙な意味のずれ、などをよく調べてください。

そして、作文の漢字にはルビを振りましょう。中国人学生にとって漢字そのものはまったく問題はないはずで、むしろ落し穴は読み方にあります。自分の表現したいことが正しい音になるよう、普段から訓練しましょう。

教師にとっては、大勢の学生の作文を添削するのは大変なことです。そこで次のような方法はいかがでしょう。

まず、学生の誤用を分類します。そして記号を付けます。例えば、漢字の誤りはａ、助詞の誤りはｂ、動詞の活用の誤りはｃ、単語の不正確な表記はｄ、違った文型を用いるべき場合はｅ、ルビの間違いはｆ、文体の不統一はｇ、というように。そして、その部分はただ記号だけを付して、学生自身に自分の誤りを考えさせます。その他の部分、学生が自分で修正できないような誤りだけを、教師が添削します。

さらに大切なことは、その記号と添削に従って、学生に自らの作文の書き直しをさせることです。これは学生自身にとっても、自己の誤りに向き合うよい経験になるのではないでしょうか。むろん、その前に教師が誤用例の解説をしておかなければなりません。(そのために、巻末に誤用例の分析を付しておきました。)

授業の方法は、作文を授業中に書かせてもよいし、宿題にしてもよいし、また授業中にモデル作文を全体で練習してから、宿題で各自に書かせてもよいと思います。

作文の評価もまた、教師にとって頭の痛い問題です。文法の間違いにより減点法を取ると、作文が好きでたくさん書いた学生が最も減点されてしまう、という矛盾が常に起きてくるからです。

とりあえず、学生が絶対に身につけてほしいこと、例えば原稿用紙の使い方と文体の統一だけは間違えたら減点、と約束してはどうでしょうか。その他の文法事項は、教師が重視する順番に減点を約束すればいいでしょう。

また、学生にも語彙に興味を持つ段階があり、新しく覚えたことばをどんどん使ってどんどん間違える学生がいますが、それこそ教師の望む学習スタイルなのです。教師ではない普通の日本人が作文を見た場合、注目するのは文法の正確さよりも、語彙の豊富さなのですから。新しい語彙を使ってたくさん書こうという学生のチャレンジ精神は評価しなければなりません。それ故、「文法点」と「内容点」に分けてそれぞれ評価する、などの配慮をする必要があるでしょう。

いずれにしろ、学生が文法の誤りを恐れるあまり、書くことに消極的にならぬよう、楽しい授業を期待しています。

2005年6月　吉田妙子

目　次

中国人学生の誤りやすい表現 ―― 誤用例と解説 ――

第3部

ちょっと堅(かた)いテーマに挑戦(ちょうせん)してみよう

テーマ13 「話を効果的に展開する」・・・四コマ漫画から

学習事項

1. 起承転結の展開に用いる接続詞（1）
2. 「落ち」に用いるノダ
3. テンス・アスペクト（8）
4. 直接表現と間接表現

チャレンジ

問題

次の四コマ漫画の物語を書いてください。

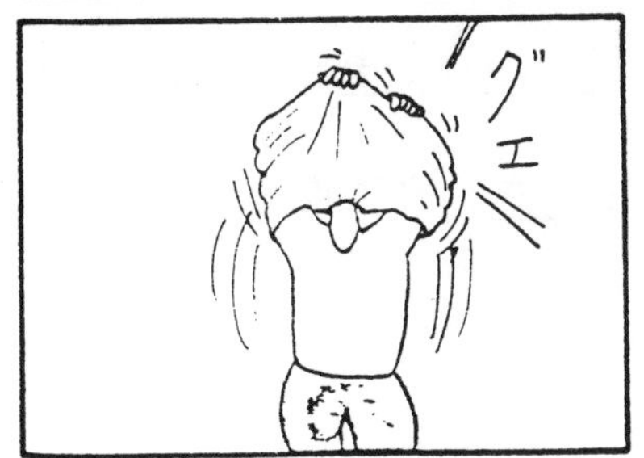

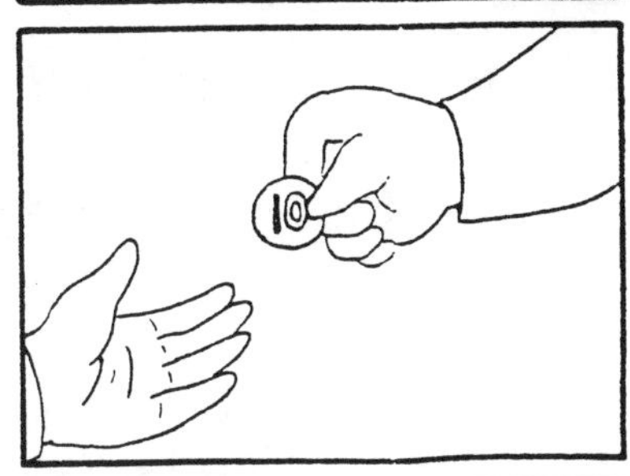

作文例

「トックリセーター」

1　冬になりました。ある日、まさし君は電車に乗って、座席に座って本を読んでいました。すると、まさし君の隣の男の人が、まさし君に寄り掛かって居眠りを始めました。まさし君は、迷惑そうな顔をして見ています。

2　まもなく男の人は電車を下りて、家に帰りました。疲れたので、早くお風呂に入って寝ようと思っていました。

3　ところが、トックリセーターを脱ごうとした時です。セーターが脱げないで、首が締まってしまいました。それで、男の人は、叫び声をあげました。

4　セーターを調べて、彼はびっくりしました。なんと、トックリセーターの首に紐が縛り付けてあったのです。彼は電車の中のことを思い出して、悪態をつきました。彼は寝ている間に、隣のまさし君にいたずらをされたのでした。

作文の構成

第1段落：発端

第2段落：発展

第3段落：転換

第4段落：結末

「にわか雨」

1　ある日[1]、まさし君が歩いていると、突然(とつぜん)にわか雨が降(ふ)ってきました[3-(1)]。すると[1-(1)]、ちょうど目の前に、傘屋(かさや)のポスターが見えました。そこで[1-(1)]、まさし君は傘屋に飛(と)び込(こ)みました。

2　まさし君は、店の人を呼(よ)びました[4-(2)]。店の主人がいそいそと出てきました[4-(2)]。そして[1-(1)]、まさし君に、どんな傘がいいか、聞きました[4-3-(1)]。

3　まもなく、まさし君は自分の気(き)に入(い)った傘を買ってお金を払いました。しかし[1-(2)]、まさし君は主人に10円しか渡(わた)していません[3-(2)]。どうしたことでしょう。

4　まさし君は、店の外に出ました[3-(1)]。頭には、傘のポスターを被(かぶ)っています[3-(2)]。店の中では、主人が困(こま)った顔(かお)をしてまさし君を見ています[3-(2)]。なんと[2-(1)]まさし君は傘を買わずに、10円払って傘のポスターを剥(は)がして持っていったのでした[2-(1), 2-(2), 2-(3)]。

作文の構成

第1段落：発端

第2段落：発展（1）

第3段落：発展（2）

第4段落：結末（落ち）

作文に必要な文法事項

1. 起承転結(きしょうてんけつ)の展開(てんかい)に用(もち)いられることば

「発端(ほったん)」(書(か)き出(だ)し)のことばには、「冬です」等の季節(きせつ)の言葉(ことば)や、「ある日」等があると安定感(あんていかん)が出てくる。

例 ☞「冬になりました。」

☞「ある日、まさし君が歩いていると、突然にわか雨が降ってきました。」

(1)「発展」部分によく用いられる接続詞(せつぞくし)

ソシテ：　A　。ソシテ　B　。Aの後にAと同質(どうしつ)の事態(じたい)Bが続く。

例 ☞「家ニ帰リマシタ。ソシテ、スグ寝マシタ。」

☞「店の主人がいそいそと出てきました。そして、まさし君に、どんな傘がいいか、聞きました。」

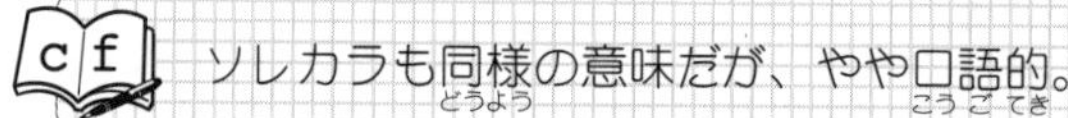

ソコデ：　A　。ソコデ　B　。Aの事態がきっかけになってBの動作を開始する。

例 ☞「友達ガ3人来マシタ。ソコデ、麻雀(マージャン)ヲ始メマシタ。」

☞「すると、ちょうど目の前に傘屋のポスターが見えました。そこで、まさし君は傘屋に飛び込みました。」

スルト：　A　。スルト　B　。Aの発生後(はっせいご)、突然意外(とつぜんいがい)な事態(じたい)Bが起こる。

例 ☞「私ハ教室ニ入ッタ。スルト、ミンナガ笑(わら)イ始(はじ)メタ。」

☞「ある日、まさし君は電車に乗って、座席に座って本を読んでいました。すると、まさし君の隣の男の人が、まさし君に寄り掛かって居眠りを始めました。」

☞「ある日、まさし君が歩いていると、突然にわか雨が降ってきました。すると、ちょうど目の前に、傘屋のポスターが見えました。」

ソレデ：　A　。ソレデ　B　。Aは理由。BはAの自然な結果。

例 ☞「アシタ試験ガアリマス。ソレデ、勉強シテイマス。」

☞「セーターが脱げないで、首が締まってしまいました。それで、男の人は、叫び声をあげました。」

（2）「転換」によく用いられる接続詞

シカシ：　A　。シカシ　B　。AとBは反対の価値を持つ事態。

例 ☞「ミンナ歌イマシタ。シカシ、私ハ歌イマセンデシタ。」

☞「まもなく、まさし君は自分の気に入った傘を買ってお金を払いました。しかし、まさし君は主人に10円しか渡していません。」

トコロガ：　A　。トコロガ　B　。Aから予想できなかったBが発生する。Bは意外な結果。

例 ☞「誰モガ彼ガ合格スルト思ッタ。トコロガ彼ハ落チテシマッタ。」

☞「疲れたので、早くお風呂に入って寝ようと思っていました。ところが、トックリセーターを脱ごうとした時です。」

2．～ノダの有効な使い方

活用語普通体、但し名詞・ナ形容詞現在形＋ナ　＋ノダ

ノダはもともと、先行現象についての背後の事情を説明する文である（→**テーマ7**）。これを利用すると、物語の展開に効果的である。

（1）意外な事実が発生した時の表現　ナント～～ノダ

ナント　A　ノダ：背後の事情Aが驚くべきものであることを表す。

例 ☞「コノネクタイ、イイデショウ？ナント、100円ナンデスヨ。」

☞「なんと、トックリセーターの首に紐が縛り付けてあったのです。」

☞「なんと、まさし君は傘を買わずに、10円払って傘のポスターを剥がして持っていったのでした。」

（2）理由説明

例 ☞「母親ガ家ニイマセンデシタ。ダカラ、子供ハ大声デ泣キ出シマシタ。」

理由　　結果

☞「子供ハ大声デ泣キ出シマシタ。母親ガ家ニイナカッタノデス。」

理由　　結果

結果を先に述べ、後から理由を述べる方が、読者に期待感を持たせるので文章が生き生きする。

例 ☞「セーターを調べて、彼はびっくりしました。なんと、トックリセーターの首に紐が縛り付けてあったのです。」

☞「店の中では、主人が困った顔をしてまさし君を見ています。なんとまさし君は傘を買わずに、10円払って傘のポスターを剥がして持っていったのでした。」

（3）物語の末尾に用いる～ノダッタ

理由説明の一種であるが、物語の末尾に用いる時は～ノダッタと過去形にして、物語の終結を示す。

例 ☞「彼は寝ている間に、隣のまさし君にいたずらをされたのでした。」

☞「なんと、まさし君は傘を買わずに、10円払って傘のポスターを剥がして持っていったのでした。」

3．物語のテンス

（1）物語の展開は、基本的に過去形を用いる。

例 ☞「冬になりました。」

☞「まもなく男の人は電車を下りて、家に帰りました。」

☞「ある日、まさし君が歩いていると、突然にわか雨が降ってきました。」

☞「まさし君は、店の外に出ました。」等々。

（2）特に注目を引きたい部分には～テイルを使う。

物語の展開の鍵になるような部分や、特に注目を引きたい部分（特に「落ち」の部分）には、～テイルを使うと、読者が物語に参加しているような臨場感が出て、印象が強くなる。

例 ☞「まさし君は、迷惑そうな顔をして見ています。」

☞「しかし、まさし君は主人に10円しか渡していません。」

☞「頭には、傘のポスターを被っています。」

☞「店の中では、主人が困った顔をしてまさし君を見ています。」

4．直接表現と間接表現

会話の部分は話者の直接的な心理表現であるから、これをstory-tellerの立場から捉え直して客観的な表現にしなくてはならない。

（1）さまざまな感動詞

感動詞は、何を表現しているか考えて動詞にする。

例 『ンガー』

☞「居眠りを始めました。」

『グエ』

☞「叫び声をあげました。」

『クソッ』

☞「悪態をつきました。」

（2）会話部分

例　『くださーい。』

☞「店の人を呼びました。」

『ハイハイ。』

☞「いそいそと出てきました。」

（3）間接表現

それぞれの会話に適合(てきごう)した文型(ぶんけい)を考える。

①質問(しつもん)

疑問詞(ぎもんし)のある文　＋カ　聞ク／尋(たず)ネル

疑問詞のない文　＋カドウカ　聞ク／尋ネル

例　『どんな傘がいいですか。』

☞「まさし君に、どんな傘がいいか、聞きました。」

『アナタ、ゴ飯、食ベル？』

☞「夫ニ、食事ヲスルカドウカ尋ネマシタ。」

②命令(めいれい)・指示(しじ)

動詞普通体現在形(どうしふつうたいげんざいけい)　＋ヨウ（ニ）指示(しじ)スル／命令(めいれい)スル／言ウ／言イ付ケル

例　『正雄(まさお)、クーラーヲツケテ。』

☞「母ハ、正雄ニクーラーヲツケルヨウニ言イマシタ。」

『騒ぐな！』

☞「先生ハ、学生ニ騒ガナイヨウニ言イツケマシタ。」

③提案(ていあん)・勧誘(かんゆう)

動詞ル形　＋コトヲ　提案スル

動詞ウ形　＋ト　誘(さそ)ウ

例　『明日、デパートニ買物ニ行カナイ？』

☞「明日、デパートニ買物ニ行クコトヲ提案シマシタ。」

☞「明日、デパートニ買物ニ行コウト誘イマシタ。」

④依頼（いらい）

動詞ル形　＋コトヲ　頼ム／願ウ／依頼スル

動詞ル形（またはテクレル）、ナイ　＋ヨウ（ニ）頼（たの）ム／願（ねが）ウ／依頼スル

例　『買物ニ行ッテキテチョウダイ。』

☞「母ハ買物ニ行ッテクルコトヲ頼ミマシタ。」

☞「母ハ買物ニ行ッテクルヨウニ依頼シマシタ。」

⑤希望（きぼう）

動詞マス形　＋タガル

例　『私モ一緒ニ行キタイ！』

☞「自分モ一緒ニ行キタガリマシタ。」

⑥助言（じょげん）

動詞ル形　＋コトヲ　勧（すす）メル

例　『宿題（しゅくだい）ヲヤッタラ。』

☞「宿題ヲヤルコトヲ勧メマシタ。」

⑦罵倒（ばとう）

例　『オ姉（ねえ）チャンノバカ！』

☞「姉（あね）ヲ罵（ののし）リマシタ。」

⑧新聞（しんぶん）・雑誌（ざっし）などの記事（きじ）

活用語普通体（かつようごふつうたい）　ト（イウニュースガ）報道（ほうどう）サレル／ト書イテアル

例　『ＮＹ株大暴落（かぶだいぼうらく）』

☞「新聞デハ、ニューヨークノ株ガ大暴落シタ、トイウニュースガ報道サレテイマス。」

☞「雑誌ニハ、ニューヨークノ株ガ大暴落シタ、ト書イテアリマス。」

チャレンジ

練習

1．次の前文（ぜんぶん）と後文（こうぶん）の間に、適当な接続詞を入れてください。

①この本は高いです。（　　　　　　）、とてもためになります。

②ちょうど先生が来ました。（　　　　　　）、質問しました。

③一人、また一人と帰っていった。（　　　　　　）、みんないなくなった。

④弟（おとうと）と遊んでいたら、弟が泣（な）きました。（　　　　　　）、母が私を叱（しか）りました。

⑤家に着（つ）いた。（　　　　　　）、電話のベルが鳴（な）りだした。

⑥父はきのう12時に帰ってきました。（　　　　　　）すぐ寝ました。

⑦運動会（うんどうかい）を楽（たの）しみにしていました。（　　　　　　）、当日（とうじつ）雨が降ってしまいました。

2．次の前文・接続詞に続く後文を作ってください。

①私は家に帰りました。そして、＿＿＿＿＿＿＿＿＿＿＿＿＿＿＿。

②私は家に帰りました。しかし、＿＿＿＿＿＿＿＿＿＿＿＿＿＿＿。

③私は家に帰りました。それで、＿＿＿＿＿＿＿＿＿＿＿＿＿＿＿。

④私は家に帰りました。すると、＿＿＿＿＿＿＿＿＿＿＿＿＿＿＿。

⑤私は家に帰りました。ところが、＿＿＿＿＿＿＿＿＿＿＿＿＿＿。

⑥私は家に帰りました。そこで、＿＿＿＿＿＿＿＿＿＿＿＿＿＿＿。

⑦食事の時間になりました。それで、＿＿＿＿＿＿＿＿＿＿＿＿＿。

⑧食事の時間になりました。しかし、＿＿＿＿＿＿＿＿＿＿＿＿＿。

⑨食事の時間になりました。そこで、＿＿＿＿＿＿＿＿＿＿＿＿＿。

作文課題

次の漫画の起承転結を展開させる作文を書いてみましょう。

テーマ 14 「物語を語る」

ものがたり　かた

学習事項

1. 接続詞（2）
2. ハとガ
3. オノマトペ
4. 指示詞コソア

チャレンジ

問題

次の絵（え）にタイトルをつけ、物語を書いてください。

作文例

ロバと親子

1　昔、馬鹿な父親と子供がいました。ある日、その親子はロバを売りに市場へ行きました。二人はのんびりとロバを牽いて、市場までテクテク歩いて行きました。すると、途中で人々がクスクス笑い始めました。
「馬鹿な親子だ。ロバがいるのに、乗らないなんて。」

2　「確かにそのとおりだ。」と二人は思いました。それで、子供がロバに乗りました。ところが、今度はある老人がこぶしを振り上げて、子供をガミガミと叱りつけました。
「何て親不孝な子供だ。子供は親を大切にするべきじゃないか。」

3　「それもそうだ。」と二人は思いました。そこで、子供がロバから下りて父親がロバに乗ることにしました。しかし、今度は道端のおばさんが悪口を言うのが聞こえました。
「まあ、ひどい親だね。子供を歩かせて自分がロバに乗るなんて。」
また、女の子も言いました。
「かわいそうに。あの子はきっと、毎日お父さんにぶたれているのね。」

4　親子は困ってしまいました。だから、二人で一緒にロバに乗ることにしました。「こうすれば誰にも非難されないだろう。」と思ったからです。ところが、お父さんが子供を抱き上げてロバに乗せると、またまた叱責の声が起こりました。
「二人で乗ったら、ロバがかわいそうじゃないか。動物を虐待するな。」

5　親子は、途方に暮れてしまいました。ロバに乗っても乗らなくても、悪口を言われてしまうのです。とうとう親子は、ロバの手足を棒に縛りつけて肩にかつぎました。すると、人々はおもしろがってまた騒ぎ始めました。

「おおい、変なことをしている親子がいるぞ。」

そして、みんなゾロゾロと親子の後についてきました。

6　人々があまりいろいろなことを言うので、親子はもうヘトヘトに疲れてしまいました。橋の上に来ました。疲れていた親子は、石につまづいて転んでしまいました。あっと言う間に、ロバは川の中にドボンと落ちてしまいました。こうして、定見を持たないで、他人の言うことに左右されすぎた親子は、とうとうロバを一頭失ってしまいました。

作文の構成

省略。コマに従って話を進める。

作文に必要な文法事項

1．接続詞　→章末の「接続詞の種類」参照

2．ハとガ

（1）構文上の規則で使わなければならないガ

①ある種の自動詞の動作主体を示すガ

自他対応動詞の自動詞、可能動詞、「見える」「聞こえる」等の感覚動詞、アル・イルはガを取る。

例 ☞「電気ガツキマス。」「財布ガ落チマシタ。」「刺身ガ食べラレマス。」

☞「昔、馬鹿な父親と子供がいました。」

☞「しかし、今度は道端のおばさんが悪口を言うのが聞こえました。」

☞「ところが、お父さんが子供を抱き上げてロバに乗せると、またまた叱責の声が起こりました。」

☞「おおい、変なことをしている親子がいるぞ。」

②嗜好(しこう)・能力(のうりょく)・欲望(よくぼう)の対象(たいしょう)を示(しめ)すガ

「好(す)き・嫌(きら)い」「上手(じょうず)・下手(へた)」「欲(ほ)シイ・〜タイ」など嗜好・能力・欲望等を表す形容詞の嗜好・能力・欲望の対象を示す。

例 ☞「リンゴガ好キデス。」「ピアノガ上手デス。」「オ金(かね)ガ欲シイデス。」

③節(せつ)の中の主語(しゅご)を示すガ

名詞節(めいしせつ)、副詞節(ふくしせつ)の中(なか)の主語はガを取る。

例 ☞「私ハキノウ本ヲ読ンデイマシタ」＋「ソノ本ハトテモ高イデス」

→「[私ガキノウ読ンンデイタ本] ハ、トテモ高イデス」(名詞節)

☞「私ハキノウ本ヲ読ンデイマシタ」＋「ソノ時、陳(ちん)サンガ来マシタ」

→「[私ガキノウ本ヲ読ンデイタ] 時、陳サンガ来マシタ」(副詞節)

但(ただ)し、主節の主語と副詞節の主語が同一(どういつ)の時は、副詞節のガ格(かく)主語は省略(しょうりゃく)する。

例 ☞「私ハ本ヲ読ミマス」＋「ソノ時、私ハイツモコーヒーヲ飲ミマス」

→「[私ガ本ヲ読ム時]、私ハイツモコーヒーヲ飲ミマス」

→「[~~私ガ~~本ヲ読ム時]、私ハイツモコーヒーヲ飲ミマス」

→「私ハ [本ヲ読ム時]、イツモコーヒーヲ飲ミマス」

例 ☞「ロバがいるのに、乗らないなんて。」(副詞節)

☞「しかし、今度は道端のおばさんが悪口を言うのが聞こえました。」(名詞節)

☞「ところが、お父さんが子供を抱き上げてロバに乗せると、またまた叱責の声が起こりました。」(副詞節)

☞「人々があまりいろいろなことを言うので、親子はもうヘトヘトに疲れてしまいました。」(副詞節)

(2) 主題(しゅだい)を示すハ

A ハ B 。

Aは一般(いっぱん)に、主題となる名詞(めいし)、BはAについての情報(じょうほう)を示す。Aが主題になるためには、Aは聞き手(きて)にとって既知(きち)の情報でなければならない。

①ある物Aの定義をする文の場合

Aの定義をする場合は、Aは既知であるから、主題になり得る。

例 ☞「犬ハ、カワイイ動物(どうぶつ)デス。」

☞「子供は親を大切にするべきじゃないか。」

②状況上(じょうきょうじょう)、Aが既知の情報である場合

会話(かいわ)でAを紹介(しょうかい)する場合などは、Aは状況上明(あき)らかに聞き手(きて)にとって既知の情報であるから、主題になり得る。

例 ☞「(自己紹介で)私ハ吉田(よしだ)デス。私ハ日本人(にほんじん)デ、東京(とうきょう)カラ来マシタ。趣味(しゅみ)ハ映画(えいが)デス。私ハ週(しゅう)ニ一回映画館(えいがかん)ニ行キマス。」

☞「あの子はきっと、毎日お父さんにぶたれているのね。」(「あの子」を見ながら話しているのだから、「あの子」は既知。)

③物語中(ものがたりちゅう)の既出(きしゅつ)の名詞(めいし)(句(く)・節(せつ))

物語中で、既出の名詞は聞き手にとって既知(きち)の情報(じょうほう)になってい

るから、主題となり得る。これに対して、新出の名詞は未知の情報なのでガを取る。

例 ☞「昔、馬鹿な父親と子供がいました。ある日、親子はロバを売りに市場へ行きました。二人はのんびりとロバを牽いて、市場までテクテク歩いて行きました。すると、途中で人々がクスクス笑い始めました。」等々。

「馬鹿な父親と子供」「人々」は新出名詞で未知の情報、「親子」「二人」は既出名詞で、既知の情報。

（3）ハとガが交替する場合

①ガ→ハ

ハには特定の名詞（または名詞句・名詞節）を主題化する機能がある。

例 ☞「山田サンノ奥サンガ、病気デス。」

（「山田夫人」は「病気」の主体）

◆「山田サンノ奥サン」を主題化する。

☞「コノ頃、山田サンノ奥サンヲ見カケマセンネ。」

☞「山田サンノ奥サンハ、病気ナンデスヨ。」

（主題は「山田夫人」、「病気」の主体も「山田夫人」）

◆「山田サン」を主題化する。

☞「コノ頃、山田サン、元気ガアリマセンネ。」

☞「山田サンハ、奥サンガ病気ナンデスヨ。」

（主題は「山田サン」、「病気」の主体は「山田夫人」）

ガを用いなければならない**2**-（1）-①、**2**-（1）-②、**2**-（1）-③の場合でも、名詞を主題化させたい場合は、ハを用いる。

(a)自動詞の動作主体を主題化する場合

例 ☞「音楽ハ、ベートーベンガイクラ耳ヲ澄マセテモ、聞コエナカッタ。」

☞「イクラ待ッテモ、奇跡ハ起コラナカッタ。」

☞「モシモシ、田中サンハイマスカ。」

(b) 嗜好・能力・欲望の対象を主題化する場合

例 ☞「リンゴハ好キデスガ、ミカンハ嫌イデス。」

☞「ピアノハ、花子サンガ上手デス。」

☞「オ金ハ、タクサン欲シイデス。」

(c) 接続助詞ノデ、カラを使う副詞節の中の名詞を主題化する場合

理由を示すノデ節、カラ節の場合は、副詞節内の主語でもハが使える。

例 ☞「ソノ本ガオモシロクナカッタノデ、彼ハ別ノ本ヲ買イマシタ。」

◆「ソノ本」を主題化する。

☞「ソノ本ハオモシロクナカッタノデ、彼ハ別ノ本ヲ買イマシタ。」

②ハ→ガ

A ガ B 。

ガは、複数の物の中からAだけを取り出し、A以外の物を排除してAに注目させる機能がある。(「排他」のガ)

例 ☞「私ハ料理ヲ作リマシタ。」

(「私」は主題、「料理ヲ作リマシタ」は、「私」についての情報)

☞「誰ガ料理ヲ作ッタンデスカ。」「私デス。私ガ料理ヲ作リマシタ。」

(「他の人ではなく私が作った」と、「他の人」を排除して「私」に注目させている)

物語中でAに注目させるのは、次の場合がある。

(a) 未知の情報に注目させる場合

物語の中で、新出の名詞は未知の情報であるから、ガを用いる。

例 → **2**-(2)-③

(b) 既知の情報に注目させる場合

Aが既知情報の場合でも、A以外の物を排除してAに注目させたい場合はガを用いる。また、Aが物語の場合の既出名詞でも、A以外の物を排除してAに注目させたい場合は、ガを用いる。

例 ☞「昔、オ爺サントオ婆サンガイマシタ。オ爺サンハ山へ芝刈リニ行キ、オ婆サンハ川へ洗濯ニ行キマシタ。シカシ、アル日オ婆サンガ病気ニナリマシタ。ソレデ、オ爺サンガ川へ洗濯ニ行キマシタ。」

(「お爺さんでなくお婆さんが病気になった」と、「お爺さん」を排除、「お婆さんでなくお爺さんが洗濯に行った」と、「お婆さん」を排除)

☞「それで、子供がロバに乗りました。」

(「親でなく子供が乗った」と、「親」を排除して「子供」に注目させる)

☞「そこで、子供がロバから下りて父親がロバに乗ることにしました。」

☞「子供を歩かせて自分がロバに乗るなんて。」

☞「二人で乗るなんて、ロバがかわいそうじゃないか。」

3．オノマトペ（擬声語(ぎせいご)・擬態語(ぎたいご)）

オノマトペにはさまざまな形態(けいたい)がある。

『ａｂａｂ型』（「コロコロ」「ドキドキ」等）

『ａｂ＋ン型』（「コロン」「ドキン」等）

『ａｂ＋ッ型』（「コロッ」「ドキッ」等）

『ａｂ＋リ型』（「コロリ」「ドキリ」等）

（１）トがつくオノマトペ（副詞タイプ）

Ａ ガ Ｂ ＋ト 動詞(どうし) ：Ｂはオノマトペ

Ａが動作(どうさ)をする様子(ようす)がＢである。オノマトペが４拍の場合、トは省略(しょうりゃく)できる。

例 ☞「二人はのんびり（と）ロバを牽いて、市場までテクテク（と）歩いて行きました。」

☞「すると、途中で人々がクスクス（と）笑い始めました。」

☞「ところが、今度はある老人がこぶしを振り上げて、子供をガミガミ（と）叱りつけました。」

☞「そして、みんなゾロゾロ（と）親子の後についてきました。」

☞「あっと言う間に、ロバは川の中にドボンと落ちてしまいました。」（トは省略できない）

（２）ニがつくオノマトペ（ナ形容詞タイプ）

Ａ ガ／ヲ Ｂ ＋ニ 動詞(どうし) ：Ｂはオノマトペ

動作(どうさ)・作用(さよう)の結果、ＡがＢになる。Ｂは擬態語(ぎたいご)が多い。

例 ☞「人々があまりいろいろなことを言うので、親子はもうヘトヘトに疲れてしまいました。」

☞「彼ハ花瓶ヲコナゴナニ壊シタ。」

このタイプのものは、動詞ナルをつけることができる。

例 「親子ハ（疲レテ）ヘトヘトニナリマシタ。」

「花瓶ハ（割レテ）コナゴナニナッタ。」

また、このタイプのものは、ダをつけて述語にすることができる。

例 「親子ハ疲レテヘトヘトデシタ。」

「花瓶ハ割レテコナゴナダ。」

4. 指示詞コソア

（1）会話の時、話者と聞き手が見ている事物

①話し手の側にある事物は、コー

例 「こうすれば、誰にも非難されないだろう。」

②聞き手の側にある事物は、ソー

例 「コレハ誰ノ傘デスカ。」「ソレハ私ノ傘デス。」

③話し手からも聞き手からも遠い距離にある事物は、アー

例 「アノ人ハ、誰デスカ。」「アノ人ハ、新シイ先生デス。」

「あの子はきっと、毎日お父さんにぶたれているのね。」

（2）会話の時、話し手や聞き手の観念の中にある事物

①話し手の観念の中にあり、聞き手の観念の中にない事物は、コー

例 「私ハ結婚シナイ。コノ考エハ、絶対変ワラナイ。」

②聞き手の観念の中にあり、話し手の観念の中にない事物は、ソー

例 「『雪国』ヲ読ミマシタカ。」「イイエ。ソノ本ハ難シイデスカ。」

「結婚ナンテシナイ方ガイイ。」「君ノソノ考エハ間違ッテイルヨ。」

「それもそうだ。」

③話し手の観念の中にも聞き手の観念の中にもある事物は、アー

例 ☞「先週日光ニ行キマシタ。」「ソウデスカ。アソコハイイ所デスネ。」

（3）文章中の特定の事物を指す場合

①前にある事物を指す場合は、コーでもソーでもよい。

例 ☞「昔、一人ノ子供ガイマシタ。コノ子供ハ……」

☞「昔、一人ノ子供ガイマシタ。ソノ子供ハ……」

☞「ある日、その親子はロバを売りに市場へ行きました。」

②後にある事物を指す時は、コーだけが用いられる。

例 ☞「コノ話ハ、コノ地方ニ伝ワル伝説デス。昔々……」
(「コノ話」はすぐ後の「昔々」以下の話を指す)

練習

1．次の（　　）に、ハまたはガを入れてください。

昔、海彦、山彦という兄弟（①　　）いました。兄の海彦（②　　）毎日海へ魚釣りに行き、弟の山彦（③　　）毎日山へ狩りに行きました。ある日のこと山彦（④　　）病気になったので、海彦（⑤　　）代わりに山へ狩りに行きました。海彦（⑥　　）山の奥に入った時、一羽の雉（⑦　　）罠にかかっているの（⑧　　）見えました。その罠（⑨　　）、二、三日前に山彦（⑩　　）仕掛けておいたものでした。

2．次のオノマトペの意味と用法を調べてください。

①キラキラ、ギラギラ　②トントン、ドンドン

③ベタベタ、ペタペタ　④ニコニコ、ニヤニヤ

⑤スヤスヤ、グウグウ　⑥ゲラゲラ、クスクス

⑦ソワソワ、イライラ　⑧ガタガタ、グラグラ

⑨コロコロ、ゴロゴロ　⑩サラサラ、ザラザラ

3．次の（　　）に、コソアのどれかを入れてください。

①「（　　）この喫茶店のコーヒーは、まずいですね。」「本当ですね。」

②「もしもし、（　　）ちらは田中です。」

③「何時頃、私の家に来ますか。」「３時頃、（　　）ちらに行きます。」

④「（　　）うしたらどうでしょう。」「なるほど。（　　）れはいい。」

⑤「佐藤さんを知っていますか。」「いいえ。（　　）の人は誰ですか。」

⑥徳川家康は偉大な将軍だった。（　　）の孫の家光も、また優れた政治家だった。

⑦「意志ある所に道はある。」（　　）の諺は、私の座右の銘だ。

⑧日光は、きれいな所です。（　　）こには有名な東照宮があります。

作文課題

次の二枚の絵のうち、一枚選んで物語を書いてみましょう。

①

②

応用課題

自分の国(くに)の故事(こじ)を一つ選んで書いてみましょう。

接続詞の種類

［　　］内は、書きことばにのみ用いられる接続詞

1．前件と後件が同位で同質のもの

（1）並列：ソレカラ（やや口語的）、ソシテ、［且ツ、並ビニ］

例 ☞「彼は医者です。そして／それから、彼の奥さんは看護婦です。」

☞「英国には、国王が存在する。且つ／並びに議会制国家である。」

（2）選択：マタハ、ソレトモ（疑問文のみ）、［或イハ、モシクハ］

例 ☞「転科したい人は、三年生で編入試験を受けます。または／或いは／もしくは、もう一回入学試験を受けます。」

☞「お昼は、カツ丼にしますか。それとも天丼にしますか。」（疑問文）

2．前件の後に後件が続くもの

（1）順接：［A］。ソシテ、ソレカラ［B］。

BはAから自然に続く事態。

例 ☞「大学を卒業しました。そして／それから就職しました。」

（2）発見：［A］。スルト［B］。

BはAから予測できなかった意外な突然事態。

例 ☞「家に帰りました。すると、電話が鳴りました。」

（3）逆接：［A］。デモ、ダガ（常体文のみ）、ダケド、ケレドモ、シカシ［B］。

BはAと反対の価値を持つ。

例 ☞「彼の気持はわかる。でも／だが／だけど／けれども／しかし、彼の行為は許せない。」

（4）逆接：A。トコロガ B。

BはAの時点での予想と正反対のこと。話者に驚きの気持がある。

例 ☞「誰もが彼が合格すると思っていた。ところが、彼は落ちてしまった。」

（5）契機：A。ソコデ B。

AがきっかけとなってBをする。Bは意志的動作。

例 ☞「友達が三人来ました。そこで、麻雀をしました。」

（6）因果：A。ソレデ、ダカラ、[従ッテ、故ニ、ソレ故] B。

Aが原因・理由、Bが結果。

例 ☞「今日、友達が来ます。それで／だから、今、掃除をしています。」

☞「戦争は終わった。従って／それ故、軍隊は引き上げねばならない。」

☞「A＝B、B＝Cである。故に、A＝Cである。」

3. 前件の内容を後件が補助するもの

（1）添加：A。ソノ上、シカモ、ソレニ、マタ B。

Aと同質のBを補足する。

例 ☞「母は美人です。その上／しかも／それに／また、料理が上手です。」

（2）注意：A。但シ B。

Aと異質のBを補足する。

例 ☞「この会社は、週休二日制です。但し、隔週土曜日は半日勤務です。」

（3）補足：A。[ナオ] B。

Aで不充分なことをBで部分的に補足する。

例 ☞「合格者には講師の資格が与えられる。なお、講師資格期間は一年間とする。」

（4）言い換え：A。ツマリ、[即チ、要スルニ] B。

Aの事柄をBで言い換える。

例 ☞「彼は必修単位を全部落としてしまった。つまり／即ち、留年である。」

4．前件と後件が無関係のもの

（1）話題の転換：トコロデ、サテ～ヨウ

例 ☞「今日は雨が降って、寒いですね。ところで、今度の選挙は誰が当選すると思いますか。」

☞「戦争は、実に悲惨なものですね。さて、お茶でも飲みましょうか。」

（2）結末：コウシテ、コノヨウニシテ

例 ☞「……兄弟は力を合わせて働きました。こうして、みんなはいつまでも幸せに暮らしました。」

テーマ15 「内容を要約する」

学習事項

1．内容を要約する方法
2．文章短縮の技術

問題

次の文章にタイトルをつけ、内容を200字～300字で要約してください。

1 朝日新聞の1993年5月3日付けに、次のような記事があった。筑波大学の女性の助教授が図書館情報大学で「政治・行政学」の講義をする際、戸籍名でなく旧姓で登録したため、開講を認められず、この科目は今年は中止になった。そのため、同助教授は「人格権の侵害だ」と言って、大学と国を相手取って訴訟を起こした、ということである。

2 日本では、1984年から大学等の公的文書には通称でなく戸籍名を書くことになっている。しかし多くの女性の大学教官は、論文や研究発表などには旧姓を使っている。社会的活動をする者は、名前が変わると不便だからである。

3 日本では、結婚したら夫婦が同姓にならねばならない。つまり、結婚したら夫か妻かどちらかが必ず改姓する必要があるわけだが、大部分の場合、改姓するのは女性の方である。改姓した者は、普段の生活で旧姓を使うのは自由だが、戸籍謄本、住民登録、パスポート、就職の書類などの公的文書には必ず戸籍名を使わなければならない。

4 これは、日本の伝統的な戸籍制度に基づくものである。戸籍制度とは、支配者の住民管理のため、一戸一戸の家を一つの単位として登録し、誕生・結婚・離婚・死亡などのことをすべて書き込むものだ。以前、女性は一個の人格を認められず、家に属するものとして扱われていた。多くの女性は結婚すれば戸籍が変わり、姓も変わる。戸籍制度は同時に女性の管理の制度でもあるのだ。現在、女性の社会進出を背景に夫婦別姓の主張が強くなり、法制化も検討されている。

5 他の国はどうだろうか。アメリカでも、やはり夫婦は同姓になるようだ。しかしそれは、アメリカのような異民族の集合国家では家族の氏素性を明確にする必要があるために父親の名前を名乗るわけであって、日本のように支配者による住民管理の手段ではないのである。その証拠に、アメリカには戸籍制度はない。戸籍制度があるのは、日本・中国・朝鮮・フィリッピン等の東南アジアの国々だけである。中国や朝鮮にも戸籍はある。しかし、これらの国では結婚後の姓は自由に選択できるし、むしろ女性が旧姓を残すのが普通である。

6 こういう前近代的な制度が存在しているのは、日本だけのようである。日本では結婚して姓が変わると、区役所・会社・学校・出身大学等に届けなければならない。離婚したら旧姓にもどるから、また届けなければならない。また、結婚前に大学を卒業して結婚後に就職する時、大学の卒業証書の姓と現在の姓が違うと、特に就職先が外国の場合、問題が起こることがある。

7 「夫婦別姓は家族の団結を壊す」とは夫婦別姓反対論者の言であるが、夫婦別姓でありながら固く団結する中国人の家庭をよく知っている者には、それがいかに空しい詭弁であるか、よくわかるであろう。

要約の方法

1．文章のテーマを見つけ、題名をつける。
2．各段落と題名がどのような関係にあるか考え、各段落を要約する。
3．各段落をテーマに従って位置付け、3つか4つに分類して並べ換える。
4．並べ換えた順に従って書く。

例：前の文章の要約を書いてみる

1．この文章の題名：「日本の夫婦同姓制度の矛盾」

2．段落ごとの要約

[1] 夫婦同姓の矛盾が表面化した例―筑波大学の女性助教授の例
[2] 女性にとって改姓は障害である。
[3] 日本は夫婦同姓が原則である。
[4] 夫婦同姓は戸籍制度の産物であり、住民管理、女性管理の手段である。
[5] 他の国の例―アメリカでも夫婦同姓だが、日本と来歴が違う。中国や朝鮮にも戸籍制度はあるが、夫婦同姓制度はない。
[6] 改姓手続きは煩雑である。
[7] 夫婦同姓と家族の団結は無関係である。中国人の家庭を見ればわかる。

3．各段落の位置付けと分類

（1）日本の夫婦同姓制度の紹介　[3]
（2）日本の夫婦同姓制度の来歴　[4]
（3）日本の夫婦同姓制度が引き起こす矛盾
　　a．手続きの煩雑さ　[6]
　　b．女性にとっての障害　[2]、その実例　[1]
（4）日本の夫婦同姓論の根拠の破綻　[5]、[7]
（5）結び　各段落の中にある夫婦同姓反対の部分

4．3、4、6、1、2、5、7、結び、の順で要約を書いてみる。

『要約例』

3 日本では、結婚したら夫婦が同姓になり、公的文書には戸籍名を使わなければならない。4 この制度は、支配者の住民管理の手段である伝統的な戸籍制度の産物である。このため、6 結婚して大部分改姓する女性は、改姓手続きの煩雑さや、1 筑波大学の助教授の例に見られるような 2 社会活動上の障害等、多くの不便に耐えなければならない。5 戸籍制度はアメリカにはないし、戸籍制度のある中国や韓国では夫婦同姓の原則はない。7 また、夫婦同姓と家族の団結が無関係であることは中国人の家庭が証明している。結 このように、夫婦同姓は時代の潮流に合わない前近代的な制度なのである。(264字)

文章短縮の技術

1．文章中の文がそのまま使える部分は、使ってもよい。

例 ☞ 3「日本では、結婚したら夫婦が同姓になり、公的文書には戸籍名を使わなければならない。」

2．文字の節約のため、適当な接続法を用いて二文を一文にする。

例 ☞ 3「日本では、結婚したら夫婦が同姓になり、公的文書には戸籍名を使わなければならない。」

(二文を連用中止形で接続)

例 ☞ 5「戸籍制度はアメリカにはないし、戸籍制度のある中国や韓国では夫婦同姓の原則はない。」

（二文を接続助詞シで接続）

3．同語反復を避けるため、指示詞を有効に使う。

例 ☞ 4「この制度は、……」（「戸籍制度」を指示）

例 ☞ 6「このため、……」（「戸籍制度」を指示）

cf コーの系統は、現在作者が論じているテーマに直接関わっている事物を指すことが多い。またソーの系統はコーよりも指示範囲が広く、テーマに関連するものを幅広く指す。ソノは前出名詞の所有格になることもある。

例 ☞「徳川家康ハ、偉大ナ将軍ダッタ。ソノ孫は、家光ト言ッタ。コノ孫モマタ、立派ナ統治者ニナッタ。」（ソノ孫＝家康ノ孫、コノ孫＝家光）

4．二文を一文に短縮するため、名詞修飾節を有効に使う。

例 ☞ 4「支配者の住民管理の手段である伝統的な戸籍制度」

→ 4「戸籍制度とは、支配者の住民管理のため、……」

例 ☞ 6「結婚して大部分改姓する女性」

→ 3「大部分改姓するのは女性の方である。」

例 ☞ 5「戸籍制度のある中国や韓国」

→ 5「中国や朝鮮にも戸籍はある。」

また、「地球ハ丸イデス」→「丸イ地球」のような形容詞の用法も利用する。

5. 長いセンテンスを短縮（たんしゅく）するため、文の内容を一語（いちご）で表す語句（ごく）を考える。

例 ☞ 5「伝統的な戸籍制度の産物である」

→ 4「これは、日本の伝統的な戸籍制度に基づくものである。」

例 ☞ 6「改姓手続きの煩雑さ」

→ 6「日本では結婚して姓が変わると、区役所・会社・学校・出身大学等に届けなければならない。離婚したら旧姓にもどるから、また届けなければならない。」

例 ☞ 2「社会活動上の障害」

→ 2「社会的活動をする者は、名前が変わると不便だからである。」

→ 6「結婚前に大学を卒業して結婚後に就職する時、大学の卒業証書の姓と現在の姓が違うと、特に就職先が外国の場合、問題が起こることがある。」

例 ☞ 5「中国や韓国では夫婦同姓の原則はない。」

→ 5「これらの国では結婚後の姓は自由に選択できるし、むしろ女性が旧姓を残すのが普通である。」

例 ☞ 結「夫婦同姓は時代の潮流に合わない。」

→ 4「現在女性の社会進出を背景に夫婦別姓の主張が強くなり、法制化も検討されている。」

6. 例は細（こま）かく書く必要（ひつよう）はなく、～ノヨウニ、～ノヨウナという例示（れいじ）の文型を使えばよい。

例 ☞ 1「筑波大学の助教授の例に見られるような社会活動上の障害」

→ 1「筑波大学の女性の助教授が図書館情報大学で『政治・行政学』の講義をする際、戸籍名でなく旧姓で登録したため、開講を認められず、この科目は今年は中止になった。」

7. パラグラフを一文に短縮するため、非情物主語の文を作ることがある。

例 ☞ (a)「コーヒーヲ一杯飲ンデ、彼ハ元気ニナッタ。」
(主語は「彼」)

→ (b)「一杯ノコーヒーガ、彼ヲ元気ニシタ。」
(主語は「コーヒー」)

(a)の文では動作主になり得ない副詞節の中の非情名詞が、(b)の文では主節の主語になっている。これは欧文直訳調の文であるが、文を短縮する一つの手段になり得る。

例 ☞ 7「夫婦別姓と家族の団結が無関係であることは中国人の家庭が証明している。」
(主語は「……無関係であること」＝非情物、抽象名詞)

→ 7「『夫婦別姓は家族の団結を壊す』とは夫婦別姓反対論者の言であるが、夫婦別姓でありながら団結力の強い中国人の家庭をよく知っている者には、それがいかに空しい詭弁であるか、よくわかるであろう。」
(主語は「……中国人の家庭をよく知っている者」＝有情物、普通名詞)

8. 前文とのつながりが不自然になる場合は、適当な接続詞を補う。

例 ☞ 7「また、夫婦別姓と家族の家族の団結が無関係であることは……」

9. 結論部分(けつろんぶぶん)には適当(てきとう)な接続詞(せつぞくし)を用いて、結論(けつろん)であることを明(あき)らかにする。

例 ☞「このように、夫婦同姓は時代の潮流に合わない前近代的な制度なのである。」

10. 結論部分は、テーマとなっているキーワードを探(さが)して有効(ゆうこう)に使う。

例 ☞「このように、夫婦同姓は時代の潮流に合わない前近代的な制度なのである。」

→ 6「こういう前近代的な制度が存在しているのは、日本だけのようだ。」

チャレンジ

✍練習

1. 冒頭(ぼうとう)にあげた文章の各段落(かくだんらく)で下線(かせん)を施(ほどこ)した指示詞(しじし)は、具体的(ぐたいてき)に何を指(さ)していますか。

①この科目　④これ　⑤それ　その証拠　これらの国

⑥こういう前近代な制度　⑦それ

2. 次の下線部(かせんぶ)の名詞を被修飾名詞(ひしゅうしょくめいし)にして、名詞修飾節(せつ)を作ってください。

①長男(ちょうなん)は一家(いっか)の柱(はしら)です。普段(ふだん)は特権(とっけん)を与(あた)えられていますが、一旦事(いったんこと)あれば家族の面倒(めんどう)をすべて見なければなりません。

(　　　　　　　　　　　　　　　　　　)長男

②ステロイド系(けい)の止痛薬(しつうやく)を飲むと、一時的(いちじてき)には痛(いた)みが鎮静(ちんせい)されますが、長期(ちょうき)に使用(しよう)するといろいろな副作用(ふくさよう)が出(で)るので、日本では発売禁止(はつばいきんし)になっています。

(　　　　　　　　　　　　)ステロイド系の止痛薬

③誰からもエイズ患者は嫌われますが、本当は一番苦しんでいるのはエイズ患者自身なのです。

（　　　　　　　　　　　　　　　　　　　　　）エイズ患者

④宇宙は広大無辺です。その宇宙の中で、私たちの存在は一粒の砂ほどの大きさもありません。

（　　　　　　　　　　　　　　　　　　　　　）私たちの存在

⑤学校制度は戦後大きく変わりました。その結果、大学が大衆化されて、学生の層も幅広くなってきました。

（　　　　　　　　　　　　　　　　　　　　　）大学

3．次のBは、Aの文を単語で要約したものです。（　　）の中に適当なことばを一語書いてください。文章の中にあることばを書いてはいけません。

①A：日本の製品は、とても優秀です。例えば、衣服は裏地の縫製までしっかりしていて型崩れしないし、ボタンつけも丈夫です。セロテープにしても、丈夫で長持ちして、テープカットまでついています。携帯電話も軽くて小さくて便利だし、デザインもスマートです。

B：日本製品の（　　　　　　　　　　）の優秀さ

②A：彼女は、フォトジャーナリスト（photo journalist）です。いつも1年の半分以上は日本にいません。先月は、スウェーデンの欧州写真祭に出品して、今はアラスカで氷河の写真を撮っています。来年は、中国大陸の田舎を取材に行くそうです。まさに、世界中が彼女の仕事場です。

B：彼女の（　　　　　　　　　　）的な活動

③A：熱帯林が無差別に伐採された結果、そこに住む全生物の5分の1が絶滅してしまいました。地球上の種の総数は1000万種と言われていますが、現在1年間に約4万種消滅していると言われています。動物は1年間に1000種消滅していると言われて

います。

B：自然環境の（　　　　　　　　　　）

④A：日本人に物を買わせるには、「あなたの隣の人も買いましたよ。」と言えばいいと言われます。日本人は、周囲の人と同じ行動をしていないと不安になるようです。日本人は団結して規則をよく守る民族だと言われますが、実は周囲の人に排斥されるのが恐いだけなのです。

B：日本人の（　　　　　　　　　　）性

⑤A：日本は金持になりました。もう飢え死にする人は一人もいません。車もあるし、海外旅行もできます。好きな洋服も着られるし、コンピューターで最新の情報も得られます。しかし、この豊かさに反比例して、日本人が本来持っていた精神的なものが失われていくのが気になります。

B：（　　　　　　　　　　）文化の陰で衰えていく精神文化

✍ 作文課題

下の文章（要約練習例）の要約を、200～300字で書いてみましょう。

✍ 応用課題

新聞・雑誌のコラムや社説で適当な長さのものを選び、200～300字で要約してみましょう。

✍ 要約練習例

1　日本も台湾も「学歴社会」と言われるが、日本と台湾では少し意味が違うようだ。中国は科挙の制の伝統により、政府高官に登用されることが最高の出世だった。それで人々は大学に行き、必死に試験勉強をした。学歴は高ければ高いほど出世もできたし、給料も多かった。それは今でも変わりはないようだ。

2　日本人も、出世を求めるのは同じだ。しかし、日本では身分差別が厳しく、一生身分を変えることができなかった。それで、大工の子は日本一立派な家を作ること、農民の子は日本一うまい米を作ることなど、その分野での最高位置に上ることが自己実現の道になった。だから、日本人にとっては官僚になることだけが出世の道ではなく、民間企業で成功する道もあるし、或いはスポーツ・芸術方面で名をあげる道もあり、実に多様なのだ。

3　まず、スポーツ・芸術方面では、学歴はほとんど問題にされない。本人の実力次第である。有名な俳優で学歴の高い人など聞いたことがないし、入門年令が原則として20才までの相撲の世界などでは、学歴はまさに無用の長物だ。

4　高級官僚の世界でこそ、学歴が問題になる。しかし日本の場合、高級官僚の世界には「学閥」がある。学閥の長は東大である。東大を出ていない者は出世がしにくい。

5　官僚世界に倣って、民間企業にも「学閥」がある。会社によっては、ある特定の大学を優遇する所もある。東大卒業生を優遇する会社も多い。

6　これによってわかるように、日本で学歴が問題にされるのは、「高校卒か、大学卒か、大学院卒か、博士か」という学位の高さではなく、「どこの大学を卒業したか」という点なのである。日本の会社では社内教育のシステムがあるので、大学院卒の者より若手の大学卒の者の方が好まれる。特に女性の場合、学歴が高すぎると民間企業で敬遠される傾向がある。日本では、大学院の学歴は不可欠のものではなく、出世や昇給にもほとんど関係ない。大学さえ出ていればよく、その大学のランクが問題にされるのである。

7　これまで、官僚世界でも民間企業でも、東大が学閥の最高峰であった。ところが、民間企業ではこの数年間でその構造が崩れつつあるのだ。

8　東大を卒業して民間企業に行く場合は、銀行、或いは「重厚長大産業」（比較的需要が安定している電力会社、保険会社、交通関係などの企業）に就職する。安定した産業は、運営のスタイルが官僚と似ているからだ。そういう企業は、「名門企業」と言われた。しかし、ここ十数年で産業構造が変化した。ハイテク、自動車、商社、サービス産業が急速に成長し、かつての「重厚長大産業」は没落、斜陽の傾向にある。それに伴って東大の価値も変化している。

9　新産業は、新分野に挑戦したり、企業経営を再構築したり、新しい発想が求められる。だから、個性的で多様な人材が必要である。反対に、名門の「重厚長大産業」は、もともと変化を前提としない産業であるから、管理・調整能力や与えられた問題を解く能力がある人材が必要である。つまり、東大卒は、新産業が求める人材ではない、ということになる。また、「東大卒は安定志向が強いから、新企業を敬遠して没落傾向の名門企業に集まりがちだ。しかしその企業を立て直す器量がない。だから、東大卒の多い企業は要注意だ。」とも言えるだろう。確かに、最近テレビに出る有名人は東大卒が少ない。

10　資本主義の発展に伴って、産業構造はますます変化するだろう。企業はますます多様な人材を求めるだろう。東大のブランドイメージは、ますます落ちるだろう。日本の学歴偏重主義は変わり、本格的な実力主義の時代が来るかも知れない。

ちょっと堅いテーマに挑戦してみよう

テーマ16 「私の好きな映画」

学習事項

1. 文末に否定形を伴う語
2. 強調構文
3. 連用中止形
4. 節の名詞化
5. テンス・アスペクト（9）
6. さまざまな表現

作文例

1　私はあまり[1-(1)]映画を見ません[1-(1)]が、よい映画はいつも見ます。特に好きなのは[2]歴史物です。想像がスクリーンいっぱいに広がります。

2　数年前に、中国大陸の「紅高粱」を見ました。友達が「とてもよかった」と言っていたので、私も見たのです。

3　大陸北部のある村で、酒造りの富豪の家に、貧しい娘が嫁に来ます[5]。間もなく富豪は癩病で死に[3]、娘は酒造りの職人と恋愛します[5]。さまざまな出来事の結果[6-(1)]、二人は結ばれ[3]、同時においしい高粱酒ができあがります。忠義な番頭あり、恐ろしい馬賊あり、強姦の場面あり、酒造りの場面あり。これらは皆、幸せな農村の一幅の絵なのです。高粱畑は、そんな村人たちの生活を無言で見守っているようです。しかし、やがて日中戦争が始まり、日本軍が侵略して来て高粱畑は焼き払われてしまいます。娘は職人たちを指導して日本軍に復讐し、自分も爆死します。後には、荒れた高粱畑が風に吹かれているだけです。

4 酒造りの労働の喜びを中心に、生活の喜怒哀楽も、セックスも、詩情豊かに健康的にユーモラスに描かれています。そして、村人を殺した日本軍への憎しみと幸福な生活を破壊する戦争の虚しさは、胸に迫るものがあります。

音楽もすばらしかったです。今は忙しくて、テレビしか見られませんが、機会があれば、この映画をまた見たいと思います。

作文の構成

第1段落：自分と映画の関わり、どんな映画が好きか。

第2段落：好きな映画の紹介、見たきっかけ。

第3段落：映画のあらすじ

第4段落：映画の評価

作文に必要な文法知識

1．文末に必ず否定形を用いる語

（1）副詞の呼応

副詞 ＋活用語否定形

アマリ～ナイ（不太～）

例：「コノ子ハ、アマリ泣カナイ。」（「アマリニ～ダ」は「～過度」「太～」の意味。形が似ているので注意。）

ソレホド～ナイ（不太～）

例：「運動ハソレホド好キデナイ。」

メッタニ～ナイ（很少做～）

例：「父ハ退職後メッタニ外へ出ナイ。」

少シモ／チットモ～ナイ（一點都不～）

例：「彼ハ少シモ勉強シナイ。」

全然～ナイ（完全沒有～）

例：「コノオ菓子ハ全然甘クナイ。」

絶対～ナイ（絶對不會～）

例：「モウ絶対ニタバコヲ吸ワナイ。」

例 ☞「私はあまり映画を見ませんが、よい映画はいつも見ます。」

cf アマリ～ナイが一つのものの動作の頻度や性質の程度の低さを表すのに対し、ソレホド～ナイは、他の物と比較した頻度や性質を述べることができる。

例 ☞「私ハ、アマリ映画ヲ見マセン。」（映画を見る頻度が少ない）

☞「私ハ、テレビハヨク見マスガ、映画ハソレホド見マセン。」（映画を見る頻度はテレビを見る頻度ほど多くない）

（２）限定を表すダケと～シカ～ナイ

①否定形を伴い不足の意識を表す～シカ～ナイ

名詞・数量詞・動詞ル形 ＋シカ＋活用語否定形

例 ☞「今日ハ 30 人シカ来ナカッタ。」

☞「彼ハ、小学校シカ出テイナイケド、イロイロナ知識ガアル。」

☞「今は忙しくて、テレビしか見られませんが、機会があれば、この映画をまた見たいと思います。」

②限度を表すダケ

名詞・数量詞・動詞普通体 ＋ダケ

(a) 助詞ダケは限定を示し、文末に否定形を伴う必要はない。シカと違って話者に不足意識はない。

例 ☞「コレダケ勉強スレバ、試験ハ問題ナイダロウ。」

☞「日本ノ節分デハ、豆ヲ撒イタ後、自分ノ年ノ数ダケ豆ヲ食ベマス。」

☞「アナタハ、私ダケノモノデアッテ欲シイ。」

☞「パーティーノ準備ハスベテ整ッタ。後ハ客ガ来ルノヲ待ツダケダ。」

☞「チョット冗談ヲ言ッタダケナノニ、ドウシテソンナニ怒ルノ？」

☞「後には、荒れた高粱畑が風に吹かれているだけです。」

従って、次の用法は誤りであり、～シカ～ナイを用いるべきである。

×「私ハ、痩セ過ギテイマス。体重ガ 38 キロダケデス。」

×「コノワープロハ安カッタ。８万円ダケダ。」

(b) 少量を示すタッタや～シカ～ナイを伴い、タッタ～ダケ、～ダケシカ～ナイにすると、不足・少量を表す。

例 ☞「私ノ体重ハ38キロダケシカアリマセン。」

☞「コノワープロハ安カッタ。タッタ8万円ダケダ。」

2. 強調構文

A ハ B 。→ B’ ノハ A ダ。

Aを強調し、A以外のものを排除する。Aは強調したい名詞。B’は活用語普通体。
但し名詞・ナ形容詞現在形＋ナ。また、主語のハはガに変わる。

例 ☞「王サンガ昨日日本へ船デ行キマシタ。」

→「王サン」を強調

☞「昨日日本へ船デ行ッタノハ、王サンデス。」

→「昨日」を強調

☞「王サンガ日本へ船デ行ッタノハ、昨日デス。」

→「日本」を強調

☞「王サンガ昨日船デ行ッタノハ、日本デス。」

→「船デ」を強調

☞「王サンガ昨日日本へ行ッタノハ、船デデス。」

例 ☞「特に好きなのは、歴史物です。」

3. 連用中止形

動詞マス形語幹、イ形容詞語幹＋ク
基本的には文を中止する機能を持つ。テ形の「並列」「継起」と同じ用い方をするが、テ形よりも書きことば的である。

例 ☞「ヨク遊ビ、ヨク学ブ。」（二つの動作の並列）

☞「学校へ行キ、授業ヲ受ケタ。」（二つの動作の継起）

☞「故郷ノ空ハ青ク美シイ。」

☞「間もなく富豪は癩病で死に、娘は酒造りの職人と恋愛します。」

☞「さまざまな出来事の結果、二人は結ばれ、同時においしい高粱酒ができあがります。」

☞「しかし、やがて日中戦争が始まり、日本軍が侵略して来て高粱畑は焼き払われてしまいます。」

☞「娘は職人たちを指導して日本軍に復讐し、自分も爆死します。」

否定形の中止形は、動詞ナイ形＋ズ（二）、但し、動詞スルは、セズ（二）、その他の活用語の否定形は、～ナク。

例 ☞「昔ハ、麻酔ヲセズ（二）手術ヲシタソウダ。」

☞「彼ハマジメデナク、怠ケ者ダ。」

4．節の名詞化

（１）Ａハ／ガ／ヲＢスル→ＡノＢ'

Ａヘ／ニＢスル→ＡヘノＢ'

ＡデＢスル→ＡデノＢ'

ＡカラＢスル→ＡカラノＢ'

ＡマデＢスル→ＡマデノＢ'

いずれもＡは名詞、Ｂ'はＢを名詞化したものか、Ｂと共起性のある名詞

例：山ノ景色ハ美シイ→山ノ景色ノ美シサ

親ガ教育スル→親ノ教育

子供ヲ教育スル→子供ノ教育

学校ヘコノ道ヲ通ッテ行ク／学校ヘ行ク道→学校ヘノ道

友達ニ手紙ヲ書イタ→友達ヘノ手紙

大学デ講義スル→大学デノ講義

日本カラ客ガ来タ→日本カラノ客

東京マデコノ切符デ行ク→東京マデノ切符

（2）感情を表す他動詞

例：戦争ヲ憎ム→戦争ヘノ憎シミ／戦争ニ対スル憎シミ
妻ヲ愛スル→妻ヘノ愛／妻ニ対スル愛

（3）動詞が二つの助詞を取る場合

例：学校ガ生徒ヲ教育スル→学校ノ生徒ヘノ教育
親ガ子供ヲ愛スル→親ノ子供ヘノ愛
先生ガ彼ニ印象ヲ持ツ→先生ノ彼ヘノ印象

cf 主格をはっきりさせたい場合は、ニヨルを用いる。また、動作の対象や相手をはっきりさせたい場合は、ニ対シテを用いる。
例：親ガ子供ヲ教育スル→親ニヨル子供ノ教育
親ガ子供ヲ愛スル→親ノ子供ニ対スル愛

例 ☞「そして、村人を殺した日本軍への憎しみと幸福な生活を破壊する戦争の虚しさは、胸に迫るものがあります。」

5．テンス・アスペクト

（1）映画や小説のあらすじを紹介し、その感想を読者に訴えたい時は、過去形よりも現在形の方がよく用いられる。過去のこと（もう終わってしまったこと）ではなく、これから展開することだという印象を与え、緊張感をもたらすからである。

例 ☞「大陸北部のある村で、酒造りの富豪の家に、貧しい娘が嫁に来ます。間もなく富豪は癩病で死に、娘は酒造りの職人と恋愛します。さまざまなできごとの結果、二人は結ばれ同時においしい高粱酒ができあがります。」

☞「しかしやがて日中戦争が始まり、日本軍が侵略して来て、高粱畑は焼き払われてしまいます。娘は職人たちを指導して日本軍に復讐し、自分も爆死します。」

テーマ14のように、自分が物語を語る場合は、過去形がふさわしい。映画や本のあらすじを紹介する場合は、現在形の方がよい。

例 ☞「九月の朝、トミーは恋人に会いに行きました。」
（自分が語る物語）
☞「九月の朝、トミーは恋人に会いに行きます。」
（映画や本のあらすじ）

（2）映画に対する評価は、テイルなど、静態動詞を用いる。

例 ☞「酒造りの労働の喜びを中心に、生活の喜怒哀楽も、セックスも、詩情豊かに健康的にユーモラスに描かれています。」

☞「そして、村人を殺した日本軍への憎しみと幸福な生活を破壊する戦争の虚しさは、胸に迫るものがあります。」

6．さまざまな文型

（1）～結果

A ＋結果：Aは動詞タ形、動作名詞＋ノ

例 ☞「先生ト相談シタ結果、日本ヘノ留学ヲ一年延バスコトニシタ。」

☞「さまざまなできごとの結果、二人は結ばれ同時においしい高粱酒ができあがります。」

（2）AアリBアリCアリ…

AもBもCもあって、豊富である様子。

例 ☞「山アリ谷アリノ美シイ景色。」
☞「先生ガイナイノデ、ゲームヲスル者アリ、居眠リスル者アリ、弁当ヲ食ベテイル者アリデ、教室ハ騒然トシテイタ。」

☞「忠義な番頭あり、恐ろしい馬賊あり、強姦の場面あり、酒造りの場面あり。」

（3）～ヲ中心ニ

名詞 ヲ中心ニ（シテ）：做～為中心

例 ☞「班長ヲ中心ニ、クラスの全員ガ団結シタ。」

☞「酒造りの労働の喜びを中心に、生活の喜怒哀楽も、セックスも、詩情豊かに健康的にユーモラスに描かれています。」

（4）～モノガアル

A ＋モノガアル：どことなく、Aのような性質を感じる。

Aは、動詞ル形、イ形容詞普通体現在、ナ形容詞語幹＋ナ

例 ☞「彼ノ口調ニハ、厳格ナモノガアル。」

☞「彼ノ様子ニハ、鬼気迫ルモノガアッタ。」

☞「そして、村人を殺した日本軍への憎しみと幸福な生活を破壊する戦争の虚しさは、胸に迫るものがあります。」

cf ～モノガアルは、話者の印象を表す表現である。それ故、Aは主語名詞の性質を形容する属性形容詞ではいけない。

例 ×「コノ部屋ハ、寒イモノガアリマス。」

○「彼ノ話ヲ聞イテイルト、心寒クナルモノガアル。」

関連語彙

1．映画(えいが)の種類(しゅるい)に関(かん)する語彙(ごい)

スクリーン（銀幕(ぎんまく)）　ミュージカル　アニメ　名作(めいさく)　喜劇(きげき)　悲劇(ひげき)
オカルト映画　ホラー映画　アクション映画　ＳＦ　西部劇(せいぶげき)
恋愛物(れんあいもの)　歴史物(れきしもの)　やくざ物(もの)　時代劇(じだいげき)

2．上映(じょうえい)に関する語彙

オールナイト（all through night）　話題作(わだいさく)　リバイバル　リメイク
作品(さくひん)　予告(よこく)　上映(じょうえい)（する）　評判(ひょうばん)の映画(えいが)

3．評価(ひょうか)の語彙(ごい)

涙(なみだ)を誘(さそ)う　笑(わら)いを誘う　美(うつく)しい　すばらしい　印象的(いんしょうてき)　印象に残(のこ)る
おもしろい　感動(かんどう)（する）　感動的

4．映画の要素(ようそ)の語彙

衣装(いしょう)　演出(えんしゅつ)　主人公(しゅじんこう)　主演(しゅえん)　主役(しゅやく)　脇役(わきやく)　監督(かんとく)　俳優(はいゆう)　女優(じょゆう)　男優(だんゆう)
演技(えんぎ)　出演(しゅつえん)（する）　演(えん)じる　カメラワーク　音楽　主題歌(しゅだいか)　場面(ばめん)
風景(ふうけい)　撮影(さつえい)

チャレンジ

練習

1．次の文の下線部を強調する強調構文を作ってください。

①王さんが、一番優れています→

②試験の日に、特に頭が痛いです→

③主演女優が、特に美しかったです→

④陳さんはお父さんが医者です→

2．次の節を名詞化してください。

①政治を怒る　②国に抗議する　③子供が家出する

④死体を捨てる　⑤東京まで乗車する　⑥敵を恨む

⑦事件に対応する　⑧勝者に冠を贈る

⑨日本が中国を侵略する　⑩大統領が各地を訪問する

3．～ダケ、～シカ～ナイ、～アリ～アリ、～結果、～ヲ中心ニ、～モノガアル、を使って例文を作ってください。

作文課題

あなたの好きな映画のあらすじを紹介し、感想を書いてみましょう。

応用課題

あなたの好きな小説について、あらすじと感想を書いてみましょう。

MEMO

ちょっと堅いテーマに挑戦してみよう

テーマ17 「身近な出来事を批判する」

学習事項

1. 緊張感を出すノダの用法
2. 問題提起の疑問文（修辞疑問文）
3. 発見のト
4. テンス・アスペクト（10）

作文例

1 今年の春休みに、二人のクラスメートと共に日本へ旅行に行きました。何ヵ月もアルバイトをして、旅費を貯めたのです。1-(1)

「日本人はきれい好きで礼儀正しい」と聞いていましたが、本当にそのとおりだと思いました。スーパーマーケットで買い物をすると、店員が必ず「ありがとうございました」と言って深く頭を下げてくれます。4-(1) 道にはゴミが全然落ちていません。4-(1) 「形の美しさ」ということが、本当によくわかりました。

2 ある朝の8時頃、電車の駅で電車を待っていた時のことです。出勤の人でホームは殺気立っていました。人が大勢いるのに、押し合いをすることもなくきちんと三列に並んで電車を待っています。台湾ではそんなことは不可能だと思って、感心しました。

ところがその時、ある人がタバコの吸い殻を無造作に捨てたのです。この時間帯は、禁煙のはずです。私たちは大変びっくりしました。そしてラッシュが終わった時、まわりを見ると、ホームはタバコの吸い殻でいっぱいでした。駅員さんが黙々と掃除をしていました。

3 「きれい好きで礼儀正しい」と言われる日本人が、どうしてそんなことをするのでしょうか。日本人の会社は規律正しくて、みんな会社のためによく働くと言われています。だから、サラリーマンはストレスが溜まっているのでしょうか。それで、電車を待っている時は特にイライラして、タバコが吸いたくなるのでしょうか。でも、それは「会社のためには何をしてもいい」という、「会社人間」のエゴではないでしょうか。日本人の「礼儀」とは、会社の中だけの礼儀なのでしょうか。これでは「日本人はエコノミック・アニマルだ」と言われてもしかたがないのではないでしょうか。

4 これは小さなことかもしれません。でも、「きれい好き」「礼儀正しい」「規則をよく守る」「思いやりがある」という日本人のイメージは、一瞬にして崩れてしまいました。これからは日本人の一面だけでなく、いろいろな面を見ていこうと思いました。

作文の構成

第1段：冒頭。出来事の発端、背景の紹介。
第2段：出来事の発生。
第3段：批判、問題提起。
第4段：自分なりの結論を書く。

作文に必要な文法

1．緊張感を出すノダの用法

（1）ノダの基本の用法（→**テーマ7、テーマ13**）

先行現象についての背後の事情を説明する。

例 ☞「今年の春休みに、二人のクラスメートと共に日本へ旅行に行きました。何ヵ月もアルバイトをして、旅費を貯めたのです。」

（2）実ハ～ノダ、トコロガ～ノダ

実ハ～ノダ：実ハは「これからあなたの知らない大切なことを話す」という前触れ。～ノダで、大切なことの内容を述べる。

例 ☞「実ハ、私タチ、結婚シテルンデス。」

トコロガ～ノダ：トコロガは「次に意外なことを話す」という前触れ。～ノダで、意外なことの内容を述べる。

例 ☞「ところがその時、ある人がタバコの吸い殻を無造作に捨てたのです。」

「～時ノコトダ。～ノダ。」という表現も、緊張感を出すために、よく用いられる。

例 ☞「私ガ教室ニ入ッタ時、突然頭ノ上カラ黒板拭キガ落チテキマシタ。」
→「私ガ教室ニ入ッタ時デス。突然頭ノ上カラ黒板拭キガ落チテキタノデス。」

2．問題提起の疑問文（修辞疑問文）、デハナイダロウカ

（1）～デスカ（～マスカ）と～デショウカの違い

～デスカ（～マスカ）：会話の時、直接相手に質問し、答を求める疑問文。

例 ☞「彼ハ行キマスカ。」

（特定の相手に直接質問し、答を求めている）

～デショウカ：

(a)会話で相手に事柄の推測を求める時。

例 ☞「彼ハ行クデショウカ。」

(b)会話で直接表現を避けて相手に婉曲に質問する時。

例 ☞「スミマセン、今何時デショウカ。」

(c)論文や演説などの時の問題提起の文。答を求めていない。

例 ☞「皆サン、愛トハ何デショウカ。」

従って、作文では、～デスカの形は用いられ得ない。

デショウカの普通体ダロウカは、独り言の時にも用いられる。

（2）～ノダロウカ／～（ノ）デハナイダロウカ

A ＋ノダロウカ／～（ノ）デハナイダロウカ

Aは動詞・イ形容詞普通体、但し、ナ形容詞・名詞現在形＋ナ

①ノダの基本的性質により（→**テーマ7**）、ノダロウはある先行現象の背後の事情を推測する。

例 ☞「(犬が吠えているのを聞いて) 誰カ来タノダロウ。」

②ノダロウカは、ノダロウの疑問文。背後の事情を推測して、自問自答する。

例 ☞「誰カ来タノダロウカ。」

☞「『きれい好きで礼儀正しい』と言われる日本人が、どうしてそんなことをするのでしょうか。」

☞「だから、サラリーマンはストレスが溜まっているのでしょうか。」

☞「それで、電車を待っている時は特にイライラして、タバコが吸いたくなるのでしょうか。」

③（ノ）デハナイダロウカは、ノダロウカよりも、推測の内容に確信がある状態。(名詞・ナ形容詞現在形はノを省略してもいい)

例 ☞「誰カ来タノデハナイダロウカ。」

（3）～ノダロウカ／～（ノ）デハナイダロウカの修辞疑問文としての用法

A ノダロウカ：A と反対のことを主張

A（ノ）デハナイダロウカ：A を主張

例 ☞「コノ世ニ真実ノ愛ハアルノダロウカ。」(いや、ない)

☞「コノ世ニ真実ノ愛ハアルノデハナイダロウカ。」
(そうだ、ある)

☞「コノ世ニ真実ノ愛ハナイノダロウカ。」(いや、ある)

☞「コノ世ニ真実ノ愛ハナイノデハナイダロウカ。」
(そうだ、ない)

☞「何モシナイデイイノダロウカ。」(いや、いけない)

☞「何モシナイデハイケナイノデハナイダロウカ。」
(そうだ、いけない)

☞「彼ハ本当ニ病気ナノダロウカ。」
(いや、病気ではないだろう)

☞「彼ハ本当ニ病気ナノデハナイダロウカ。」
(そうだ、病気に違いない)

☞「でも、それは『会社のためには何をしてもいい』という『会社人間』のエゴではないでしょうか。」

☞「日本人の『礼儀』とは、会社の中だけの礼儀なのでしょうか。」

☞「これでは、『日本人はエコノミック・アニマルだ』と言われてもしかたがないのではないでしょうか。」

3．発見のト

A ト B ：Aは動詞の普通形現在、Bは過去形。

Aが起こった後、すぐにBが続いて起こる。Bは話者にとって予想できなかったこと。また、AとBは原則として同じ場所で生起する。AとBの発生は、反復的なものではなく一回的なものだから、Bは過去形になる。

例 ☞「彼ガ本ヲ読ンデイルト、母親ガ部屋ニ入ッテキタ。」

☞「テレビヲツケルト、相撲ヲヤッテイタ。」

☞「風ガ吹キ始メルト、アタリガ一面ニ暗クナッタ。」

☞「そしてラッシュが終わった時、まわりを見ると、ホームはタバコの吸い殻でいっぱいでした。」

cf 次の例は「発見」ではなく、AとBが規則的・反復的に起こるトの用法である。故に、後件はル形である。

例 ☞「スーパーマーケットで買い物をすると、店員が必ず『ありがとうございました』と言って深く頭を下げてくれます。」

4．テンス・アスペクト

過去の事実でも現在形で書く場合

（1）過去の事実だが現在でも行なわれている場合。

例 ☞「スーパーマーケットで買い物をすると、店員が必ず『ありがとうございました』と言って、深く頭を下げてくれます。」

☞「道にはゴミが全然落ちていません。」

（2）過去の事実だが、動作主の視点から描写する場合、現在形を用いると生き生きと描写できる。

例 ☞「人が大勢いるのに、押し合いをすることもなく、きちんと３列に並んで電車を待っています。」

☞「この時間帯は、禁煙のはずです。」

cf 次のⅠとⅡの話は、同一の事態を二人の全く正反対の視点から書いたものです。Ⅰの下線部は「ライフちゃん」だけの視点（「ライフちゃん」の立場だけから確認できること）、Ⅱの下線部は「メリーちゃん」だけの視点（「メリーちゃん」の立場だけから確認できること）で、いずれも現在形で書いてあります。下線のない部分は、観察者の視点です。Ⅰ、Ⅱの下線部を比べてみましょう。

Ⅰ．ライフちゃんの夢

ライフちゃんは、気球に乗って空中を飛んでいました。気球は右に揺れ左に揺れ、ゆっくりと降下していきました。地面がだんだん近くなってきます。地上の屋根や家がだんだん大きくなってきます。やがて、ライフちゃんは地上100メートルくらいの地点まで来ました。家がはっきり見えます。家の前に誰かがいます。よく見ると、それはメリーちゃんでした。

「お兄ちゃん、お帰りなさい。」

そこは、ライフちゃんの家だったのです。

Ⅱ．メリーちゃんの夢

メリーちゃんは、家の前で昼寝をしていました。すると、上の方で風の音がしました。見上げると、何か黒い物が空に浮いています。それは右に揺れ、左に揺れ、メリーちゃんの方に降りてきました。時間がたつにつれ、それはだんだん近く大きくなってきます。やがて、それは地上100メートルくらいの地点まで来ました。もうはっきりと見えます。それは大きな気球でした。中に誰かが座っています。

「メリーちゃん、ただいま。」

それは、ライフちゃんだったのです。

チャレンジ

練習問題

～ノダロウカ、～ノデハナイダロウカ、発見のト、を使って、例文を作ってください。

作文課題

身近な出来事を批判する作文を書いてみましょう。

応用課題

日本の事件について批判する文を書き、日本の新聞に投稿してみましょう。

テーマ18 「資料を分析して意見を述べる」

学習事項

1. デアル体
2. 資料の分析に用いる文型
3. 複合助詞
4. 譬え・判断を表す～ヨウダ
5. コソ
6. その他

問題

次の資料を分析し、意見を述べてください。

[日本国民生活動向調査－日本の主婦が要求する夫の家事参加]

	もっとして欲しい	今のままでよい	無回答
部屋の掃除	33%	57%	10%
食事の後始末	31%	59%	10%
風呂やトイレの掃除	29%	61%	10%
食事の支度	28%	62%	10%
乳幼児の世話	19%	45%	36%

(国民生活センター調査。朝日新聞　国際衛星版 1998年4月17日付より)

作文例

1　この資料は、「日本国民生活動向調査ー日本の主婦が要求する夫の家事参加」で、朝日新聞国際衛星版1998年4月17日付に掲載されたものである。この資料から、日本人の主婦の家事意識について考えてみたい。

2　この調査結果によると、大半の女性が夫に対してあまり家事を要求していないことがわかる。これは、日本の主婦が家事を自分の仕事だと自覚していることを物語るものである。また、このグラフを見ると夫に参加を要求する家事の内容は、「部屋の掃除」「食事の後始末」「風呂やトイレの掃除」など、誰でもできる単純作業が大半を占めている。反対に「食事の支度」「乳幼児の世話」などの仕事に関しては、夫への要求が少ない。しかし、食事と育児こそ主婦にとって最も大変なことではないのだろうか。それなのに、何故日本の主婦は夫の参加を求めないのであろうか。これは、日本の主婦は「食事の支度や育児を男性に要求するのは無理だ」と考えている、ということではないかと思う。そして、日本の主婦はこれらの仕事を特に「女の仕事だ」と認めて、誇りを持っているからではないかと思われる。こういう現象の背景を考えてみた。

3　日本は昔から「男は外、女は内」というように、男女の役割分担が決まっていた。仕事を持つ女性は、夫が死んで生活に困っている女性か、家が貧乏な女性であった。そして、生活のために仕事をする女性に対して、社会は決して親切ではなかった。そこで、一般の女性の唯一の活動の場は台所となった。こうして、台所は女性にとって「自分の城」と意識されるようになった。

4　現在は仕事を持つ女性が増えて、仕事をしない主婦は「専業主婦」と呼ばれるようになった。科学の進歩によって電気製品も開発されたから、家事に協力する男性も増えた。しかし、このグラフを見ると、日本の主婦は「食事の支度」「乳幼児の世話」など、少しでも創意工夫や細かい心配りを必要とする仕事については、男性の参加をあまり歓迎していないようだ。食事の支度と育児は、まだまだ「女の城」から出ていないようである。

作文の構成

第1段落：資料の紹介

第2段落：資料の分析と問題提起

第3段落：自分の意見

第4段落：結び

作文に必要な文法事項

1. 文体

レポート・論文・論説文等はデアル体（普通体の一種）を使う。ナ形容詞文・名詞文のダが変化する。イ形容詞文・動詞文には、デアルを用いない。

ダ→デアル　　ダッタ→デアッタ　　ダロウ→デアロウ

例 ☞「この資料は……朝日新聞国際衛星版 1998 年 4 月 17 日付に掲載されたものである。」

☞「これは、日本の主婦が家事を自分の仕事だと自覚していることを物語るものである。」

☞「それなのに、何故日本の主婦は夫の援助を求めないのであろうか。」

☞「仕事を持つ女性は、夫が死んで生活に困っている女性か、家が貧乏な女性であった。」

☞「食事の支度と育児は、まだまだ『女の城』から出ていないようである。」

名詞述語やナ形容詞述語を持つ節が名詞節の修飾部になる時、デアルを用いて次のようにする。

例 ☞「彼ノ父親ハ医者ダ」＋「コト」
→「彼ノ父親ガ医者デアルコト」、または、
「彼ノ父親ハ医者ダトイウコト」

2. 資料の分析に用いる文型

（1）出典の明示

「コノ資料ハ、〜〜〜 動詞普通体＋モノ、名詞 ＋デアル」

例 ☞「この資料は、『日本国民生活生活動向調査－日本の主婦が要求する夫の家事参加』で、朝日新聞国際衛星版1998年 4 月 17 日付に掲載されたものである。」

☞「コノ表ハ『日本の大学生の生活』デ、〇〇大学三年生ニヨル調査デアル。」
（論文(ろんぶん)やレポートでは、資料(しりょう)の出典(しゅってん)が明示(めいじ)されていないと全(まった)く価値(かち)がなくなるので、注意(ちゅうい)すること。）

（２）テーマの明示

「コノ資料カラ、～～～トイウ点(てん)ニツイテ考エテミタイ」
「コノ資料ヲ見テ、～～～ニツイテ意見(いけん)ヲ述(の)ベテミタイ」

例 ☞「この資料から、日本人の主婦の家事意識について考えてみたい。」

（３）資料内容(ないよう)の確認(かくにん)

「～～ニヨルト、～～～コトガワカル／～～ダ／～～多イ・少ナイ」
「～～ヲ見ルト、～～～トアル」
「～～ニヨルト、～～～ダソウダ」
「～～ニハ、～～～ト書イテアル」

例 ☞「この調査結果によると、大半の女性が夫に対してあまり家事を要求していないことがわかる。」

☞「また、このグラフを見ると　夫に参加を要求する家事の内容は、『部屋の掃除』『食事の後始末』『風呂やトイレの掃除』など、誰でもできる単純作業が大半を占めている。反対に『食事の支度』『乳幼児の世話』などの仕事に関しては、夫への要求が少ない。」

また、資料を見ながら資料内容を叙述(じょじゅつ)する時は、静態(せいたい)述語を使う。従(したが)って動詞にはテイルの形(かたち)を用いる。

例 ☞「女性ノ大学進学率(しんがくりつ)ハ、ココ10年間(ねんかん)デ、鰻上(うなぎのぼ)リニ増(ふ)エテイル。」

☞「結核患者(けっかくかんじゃ)ハ、1940年カラ下降(かこう)ノ一途(いっと)ヲタドッテイル。」

☞「また、このグラフを見ると　夫に参加を要求する家事の内容は、『部屋の掃除』『食事の後始末』『風呂やトイレの掃除』など、誰でもできる単純作業が大半を占めている。」

（4）資料内容の分析

「コレハ、〜〜〜（コト／ノ）デハナイカト思ウ」
「コレハ、〜〜〜（コト／ノ）ダロウト思ワレル」
「コレハ、〜〜〜（コト／ノ）デハナイカト思ワレル」
「コレハ、〜〜〜(コト／ノ)ヲ物語ッテイル／物語ルモノデアル」
「マタ（ソシテ)、〜〜〜ノダロウト思ウ」

例 ☞「これは、日本の主婦が家事を自分の仕事だと自覚していることを物語るものである。」

☞「これは、日本の主婦は『食事の支度や育児を、男性に要求するのは無理だ』と考えている、ということではないかと思う。」

☞「そして、日本の主婦はこれらの仕事を特に『女の仕事だ』と認めて、誇りを持って行なっているのではないかと思われる。」

資料分析の文末表現のいろいろ（→**テーマ 19**）
〜デアル／〜ダロウ／〜ダト思ウ／〜ダト思ワレル／〜ダロウト思ワレル／〜デハナイダロウカ／〜デハナイカト思ウ／〜デハナイカト思ワレル／〜デハナイダロウカト思ウ／〜デハナイダロウカト思ワレル

（5）自分の分析・意見の予告の文型

「〜〜ヲ、考エテミタ」
「〜〜ニ関シテ、少シ考エテミタイ」
「コレニツイテ、私ノ意見ハ次ノトオリダ」
「コノコトニ対シテ、私ハ以下ノヨウニ考エル」

例 ☞「こういう現象の背景を考えてみた。」

3. 複合助詞

（1）ニヨルトとニヨッテ

①～ニヨルト

A ニヨルト B 。：Aは名詞。Aは情報源、Bは情報内容。Bは～ソウダ、～トイウ等、伝聞を表す文末表現とともによく用いられる。

例 ☞「先輩ノ話ニヨルト、アノ大学院ノ試験ハ難シイソウダ。」
☞「この調査結果によると、大半の女性が夫に対してあまり家事を要求していないことがわかる。」

②～ニヨッテ

A ニヨッテ B 。：Aは名詞。Aは手段、媒介。BはAを用いた結果の事態。また、～ニヨリという連用中止形も同様に用いられる。

例 ☞「国民ノ努力ニヨリ、日本経済ハ発展シタ。」
☞「先輩ノ話ニヨッテ、私タチハ大イニ励マサレタ。」
☞「科学の進歩によって電気製品も開発されたから…」

（2）ニツイテとニ関シテ

①～ニツイテ

A ニツイテ B 。：Aは名詞。關於～。BはAの処理をする動作。～ニツキという連用中止形も用いられる。

例 ☞「今回ノ飛行機事故ニツイテ、運輸省ハ緊急会議ヲ開イタ。」
☞「コノ点ニツキ、少々疑問ガアルノデ、質問致シマス。」
☞「この資料から、日本人の主婦の家事意識について考えてみたい。」
☞「しかし、このグラフを見ると、日本の主婦は「食事の支度」「乳幼児の世話」など、少しでも創意工夫や細かい心配りを必要とする仕事については、男性の参加をあまり歓迎していないようだ。」

②～ニ関シテ

A ニ関シテ B 。：～ニツイテと同義。～ニ関シという連用中止形もある。

例 ☞「今回ノ飛行機事故ニ関シテ、運輸省ハ緊急会議ヲ開イタ。」

☞「コノ点ニ関シ、少々疑問ガアルノデ、質問致シマス。」

☞「反対に『食事の支度』『乳幼児の世話』などの仕事に関しては、夫への要求が少ない。」

（3）ニ対シテとニトッテ（→**テーマ4**）

①～ニ対シテ

A ニ対シテ B 。：Aは名詞。Bは態度・対応を表すことば。AはBの態度を受ける対象。～ニ対シという連用中止形もある。

例 ☞「政府ニ対シ、国民ハ皆不満ヲ抱イテイル。」

☞「田中先生ハ、学生ニ対シテ、厳シイ教育ヲスル。」

☞「この調査結果によると、大半の女性が夫に対してあまり家事を要求していないことがわかる。」

☞「そして、生活のために仕事をする女性に対して、社会は決して親切ではなかった。」

②～ニトッテ

A ニトッテ B 。：Aは名詞。Bは評価・価値を表すことば。AはBの評価を受ける対象。～ニトリという連用中止形もある。

例 ☞「政府ニトリ、一番頭ノ痛イ問題ハ、外交問題ダ。」

☞「田中先生ハ、学生ニトッテ、ヨイ先生ダ。」

☞「しかし、食事と育児こそ主婦にとって最も大変なことではないのだろうか。」

例 ☞「こうして台所は女性にとって『自分の城』と意識されるようになった。」

複合助詞を使った名詞節を作る時は、次のようにする。

ニヨッテ→ニヨル

例 ☞「人民ノ、人民ニヨル、人民ノタメノ政治」

ニツイテ→ニツイテノ

例 ☞「飛行機事故ニツイテノ会議」

ニ関シテ→ニ関シテノ、ニ関スル

例 ☞「飛行機事故ニ関シテノ会議」「飛行機事故ニ関スル会議」

ニ対シテ→ニ対シテノ、ニ対スル

例 ☞「政府ニ対シテノ不満」「政府ニ対スル不満」

ニトッテ→ニトッテノ

例 ☞「政府ニトッテノ問題」

4．ヨウダ

（1）例を示す～ヨウナ、ヨウニ（→**テーマ8**）

A ヨウナ、ヨウニ B 。：AはBの例。

Aは活用語普通体、名詞現在形＋ノ、ナ形容詞現在形＋ナ

例 ☞「『病ハ気カラ』トイウヨウニ、心配事ガアルト、病気ニナリヤスイ。」

☞「日本は昔から『男は外、女は内』というように、男女の役割分担が決まっていた。」

（2）状況の判断を示す～ヨウダ（→**テーマ5**）

例 ☞「電気ガ消エテイル。彼ハ出カケタヨウダ。」

☞「しかし、このグラフを見ると、日本の主婦は『食事の支度』『乳幼児の世話』など、少しでも創意工夫や細かい心配りを必要とする仕事については、男性の参加をあまり歓迎していないようだ。」

☞「食事の支度と育児は、まだまだ『女の城』から出ていないようである。」

～ソウダは根拠が確かな伝聞を示している。～ラシイは根拠の薄い伝聞で、話者自身の判断が入っていない。～ヨウダは伝聞ではなく、話者自身が状況を見聞して判断したことである。（→**テーマ5**）

例 ☞「彼ノ奥サンノ話ニヨルト、彼ハモウ日本カラ帰ッタソウダ。」

☞「噂ニヨルト、彼ハモウ日本カラ帰ッタラシイ。」

☞「彼ノ家ガニギヤカダ。彼ハモウ日本カラ帰ッタヨウダ。」

（3）習慣・制度・能力の変化を示す～ヨウニナッタ（→**テーマ5**）

A ＋ヨウニナッタ：Aは動詞普通体現在肯定・否定形。
Aは以前と違った現在の様子。

例 ☞「こうして、台所は女性にとって『自分の城』と意識されるようになった。」

☞「現在は仕事を持つ女性が増えて、仕事をしない主婦は『専業主婦』と呼ばれるようになった。」

5．コソ

A ＋コソ：Aオ～。Aは名詞（名詞以外の用法は、→**テーマ19**）

例 ☞「ゴメンナサイ。」「私コソ、ゴメンナサイ。」

☞「しかし、食事と育児こそ主婦にとって最も大変なことではないのだろうか。」

6．修辞疑問文（→テーマ17）

例 ☞「しかし、食事と育児こそ主婦にとって最も大変なことではないのだろうか。」

チャレンジ

練習

1．次の（　　　　）に、ニ対シテかニトッテを入れてください。

①父は、母（　　　　）やさしいが、子供（　　　　）きびしい。
②母は、私に（　　　　）大切な人だ。
③この写真は、私に（　　　　）宝物だ。
④彼女は、私（　　　　）憧れの的なのに、彼女は私（　　　　）冷たい。
⑤刺身は日本人（　　　　）は珍味だが、アメリカ人（　　　　）はまずい。
⑥タバコは健康（　　　　）悪い。

2．次の（　　　　）に、ニヨッテかニヨルトを入れてください。

①校長の命令（　　　　）、運動会は中止になった。
②校長の判断（　　　　）、教育委員会は学制を改正しないらしい。
③彼の協力（　　　　）、仕事がうまくいった。
④この資料（　　　　）、いろいろなことがわかった。
⑤この資料（　　　　）、台湾と日本の国民所得はおよそ４倍の差がある。

3．ヨウダ、ヨウニナッタ、テクルを使って、例文を作ってください。

作文課題

次のページの資料を分析し、意見を述べる文を書いてみましょう。丁寧体でなく、デアル体を使って書いてください。

応用課題

新聞や雑誌から表、グラフなどの資料を探し、分析して意見を述べてみましょう。

日本と台湾の大学生の性意識の比較

Q１．同棲に賛成ですか。

	日本		台湾	
賛成	男　30％	女　40％	男　33％	女　８％
反対	男　20％	女　８％	男　８％	女　50％

Q２．万一、結婚前に子供ができたら、どうしますか。

	日本		台湾	
すぐ結婚する	男　８％	女　16％	男　35％	女　８％
中絶を考える	男　20％	女　０％	男　０％	女　33％
そのまま子供を生む	男　４％	女　20％	男　８％	女　０％
わからない	男　12％	女　０％	男　８％	女　８％

Q３．結婚前に性関係を持つことを、どう思いますか。

	日本		台湾	
賛成	男　52％	女　40％	男　33％	女　８％
反対	男　４％	女　４％	男　８％	女　50％

賛成の理由（日本）　第一位…「必要だから」
反対の理由（台湾）　第一位…「そんなことは結婚してからするべきだ」

（1991年度中国文化大学日文科四年生による調査報告）

テーマ19 「～は是か非か」

学習事項

1. 意見文によく使われる文型と表現
2. テクルとテイク
3. ナイデとナクテ
4. 形式名詞コトとノ
5. 取り立てのコソとサエ
6. その他

作文例

「体罰は是か非か」

1　日本では、戦後民主主義教育になって以来(6-(1))、学校教育の主人公は「教育を与える者」から「教育を受ける者」になった。戦前の軍国主義教育が反省されて(1-(4))、体罰は特殊なことになってきた(2-(1))。

2　まず(1-(1)-①)、体罰は子供の心に傷を与える。さらに(1-(1)-①)、子供は体罰を避けるために隠れて悪いことをするようになり、子供の人格形成に悪い影響を与える。最後に(1-(1)-①)、学校の中で暴力を許すこと(4-(1))は、社会の暴力を許すこと(4-(1))に繋がる。体罰が横行していた戦前の社会は、まもなく戦争という最大の暴力を生み出したではないか、というのが、体罰反対者の大方の意見である。

3 しかし、私は、どんな場合にも体罰は絶対にいけない、とは思わない。例えば、子供が弱い者をいじめて喜んでいるような場合、体罰を与えるべきである。そうしてこそ、子供は他人の痛みがわかるのだと思う。子供が悪いことをした時に適当な罰を与えないで傍観しているのは、それこそ子供の心の発達に悪い影響を与えるのではないだろうか。それは「愛の教育」ではなくて、「教育の放棄」であろう。体罰さえされない子供は教育から疎外されている、ということになってしまうだろう。事実、ある子供は「僕が悪いことをしても、先生が叱ってくれなくて、寂しかった。」と言っている。これは、教育からの疎外を嘆いているのだと思われる。

4 しかし、だからと言って、子供が悪いことをしたら何でもかんでも体罰をするとしたら、あまりに前近代的でそれこそ暴力肯定になってしまう。体罰とは「肉体的苦痛を与えることによって教育効果を上げること」である。体罰自体が目的なのではなく、体罰はあくまで手段なのである。大切なのは、教師が子供に対して「愛」を持つことである。本当の「愛」のないところには、効果のある罰はない。悪いことをしたら罰するのが、本当の愛である。その場合は教師は子供よりもっと悲しいに違いない。そして、罰を受けた子供も納得するであろう。正しい教育愛があってこそ、体罰は本当に子供たちのためになっていくだろうと思う。

作文の構成

第1段落：テーマの紹介

第2段落：自分の意見と反対意見の紹介

第3段落：自分の意見。第2段の反対意見を論破する形で展開する。

第4段落：自分の意見の弱点を補足する。

作文に必要な文法事項

1．意見文によく使われる文型と表現

（1）意見を紹介する表現

①意見は、論点をいくつかにまとめて、順序よく紹介する。

例 ☞「マズ〜〜、次ニ（サラニ／ソシテ／マタ）〜〜、最後ニ〜〜。」

☞「第一ニ〜〜、第二ニ〜〜、第三ニ〜〜。」

☞「まず、体罰は子供の心に傷を与える。さらに、子供は体罰を避けるために隠れて悪いことをするようになり、子供の人格形成に悪い影響を与える。最後に、学校の中で暴力を許すことは、社会の暴力を許すことに繋がる。」

②他人の意見を紹介・引用する表現

[A]ハ、[B]ト言ウ。：Aは主張者、Bはその意見。
[A]ノ意見ハ、[B]トイウコトデアル。
[A]ガ言ウニハ、[B]。
[A]ノ言ウトコロニヨルト、[B]。
[B]トイウノガ、[A]ノ意見デアル。

例 ☞「独身主義者ハ、結婚ハ墓場ダト言ウ。」
☞「独身主義者ノ意見ハ、結婚ハ墓場ダトイウコトデアル。」
☞「独身主義者ガ言ウニハ、結婚ハ墓場デアル。」
☞「独身主義者ノ言ウトコロニヨルト、結婚ハ墓場デアル。」
☞「結婚ハ墓場デアル、トイウノガ、独身主義者ノ意見デアル。」
☞「(承前)・・・体罰が横行していた戦前の社会は、まもなく戦争という最大の暴力を生み出したではないか、というのが、体罰反対者の大方の意見である。」

（２）自分の考えを述べる文末表現

①文末を断定表現にする

文末に、②、③等の表現を用いないと、断定的な意見になる。

例 ☞「コノ事件ハ彼ガ責任ヲ取ルベキダ。」
☞「例えば、子供が弱い者をいじめて喜んでいるような場合、体罰を与えるべきである。」
☞「しかし、だからと言って、子供が悪いことをしたら何でもかんでも体罰をするとしたら、あまりに前近代的でそれこそ暴力肯定になってしまう。」
☞「大切なのは、教師が子供に対して『愛』を持つことである。」
☞「本当の『愛』のないところには、効果のある罰はない。」

②文末に～ト思ウなどを用いる

(a) 文末に、～ト思ウ、～トハ思ワナイ、～ト考エル、～トハ考エナイ、を用いると、積極的に自分の意見を展開する表現になる。

例 ☞「私ハ、コノ事件ハ彼ガ責任ヲ取ルベキダト思ウ。」

☞「しかし、私は、どんな場合にも体罰は絶対にいけない、とは思わない。」

☞「そうしてこそ、子供は他人の痛みがわかるのだと思う。」

(b) 文末に、～ト思ワレル、～ト考エラレルなどを用いると、自分の意見を客観化する表現になる。

例 ☞「コノ事件ハ彼ガ責任ヲ取ルベキダト思ワレル。」

☞「これは、教育からの疎外を嘆いているのだと思われる。」

自分の意見を文章で述べる時は、～ト思ッテイルは使わない。また、～デハナイカは、デアルよりも強く、相手を詰問する言い方になる。

例 ☞「コノ事件ハ彼ガ責任ヲ取ルベキデハナイカ。」

☞「体罰が横行していた戦前の社会は、まもなく戦争という最大の暴力を生み出したではないか、…」

③文末に推定表現を用いる

(a) 表現を柔らかくするため、断定表現を避け、推定表現を用いて、文末に～ダロウ（デアロウ）を加える。

例 ☞「コノ事件ハ彼ガ責任ヲ取ルベキデアロウ。」

☞「それは『愛の教育』ではなくて、『教育の放棄』であろう。」

☞「体罰さえされない子供は教育から疎外されている、ということになってしまうだろう。」

☞「そして、罰を受けた子供も納得するであろう。」

～デハナイダロウカも推定表現だが、聞き手や読者に問題提起する表現。

例 ☞「コノ事件ハ彼ガ責任ヲ取ルベキデハナイダロウカ。」

☞「子供が悪いことをした時に適当な罰を与えないで傍観しているのは、それこそ子供の心の発達に悪い影響を与えるのではないだろうか。」

(b) 表現をさらに柔らかくするため、上の表現に②の表現を付け加える。即ち、文末を次の表現にする。

～ダロウト思ウ／思ワレル／考エル／考エラレル

～デハナイカト思ウ／思ワレル／考エル／考エラレル

～デハナイダロウカト思ウ／思ワレル／考エル／考エラレル

例 ☞「コノ事件ハ彼ガ責任ヲ取ルベキダロウト思ワレル。」

☞「正しい教育愛があってこそ、体罰は本当に子供たちのためになっていくだろうと思う。」

（3）例示・例証の表現

①例示の表現

例エバ A ヨウニ／ヨウナ：Aは例

例 ☞「例えば、子供が弱い者をいじめて喜んでいるような場合、体罰を与えるべきである。」

②例証の表現

A 。事実／ソノ証拠ニ B 。：Aは結論。Bは例証。

例 ☞「最近ノ学生ハ、本ヲ読マナクナッタ。ソノ証拠ニ、倒産スル出版社ガ増エテイル。」

☞「体罰さえされない子供は教育から疎外されている、ということになってしまうだろう。事実、ある子供は『僕が悪いことをしても、先生が叱ってくれなくて、寂しかった。』と言っている。」

（4）動作主不特定の受け身

歴史上の事実や社会的な事実を述べる場合、動作主は不特定であるから、受け身表現が多くなる。

例 ☞「日本ノコノヨウナ風潮ハ、改メラレルベキダ。」（動作主は不特定多数の日本人）

☞「戦前の軍国主義教育が反省されて、体罰は特殊なことになってきた。」（動作主は、軍国主義教育を行なっていた不特定の日本人）

2．移動変化を示すテクルとテイク

（1）～テクル

動詞テ形 ＋クル：ある事物が話者自身の方向に向かう様子。

例 ☞「人影ガダンダン近ヅイテクル。」

（空間的。事物が話者自身の地点に近づく様子。）

☞「夏休ミガダンダン近ヅイテクル。」

（時間的。事物が未来から話者自身の発話時間に近づく様子。）

動詞テ形 ＋キタ：ある傾向が過去から現在の話者自身の方向に向かう様子。

例 ☞「ダンダン寒クナッテキタ。」

（時間的。ある傾向が過去から話者自身の発話時間まで続いている様子。）

☞「戦前の軍国主義教育が反省されて、体罰は特殊なことになってきた。」

（2）～テイク

動詞テ形 ＋イク：ある事物が話者自身から離れる様子。

例 ☞「電車ガダンダン遠クナッテイク。」
(空間的。事物が話者から遠ざかる様子。)

☞「虹ガダンダン消エテイク。」
(視覚的。事物が話者の視界から遠ざかる様子。)

☞「体重ガドンドン減ッテイク。」
(時間的。ある傾向が話者の発話時間から未来に向かって変化する様子。)

☞「正しい教育愛があってこそ、体罰は本当に子供たちのためになっていくだろうと思う。」

動詞テ形 ＋イッタ：ある傾向がある指定時点から不定時点まで変化する様子。

例 ☞「結婚後、二人ハダンダン金持チニナッテイキマシタ。」
(時間的。「結婚時」を起点として、二人が金持ちになる。変化の終点は不定。)

3．否定のテ形、ナクテとナイデ

(1) 形容詞と名詞の否定のテ形

イ形容詞：～ナクテ、 ナ形容詞・名詞：～デ（ハ）ナクテ

例 ☞「今日ハアマリ寒クナクテ、気持ガイイ。」

☞「それは『愛の教育』ではなくて、『教育の放棄』であろう。」

☞「体罰自体が目的なのではなく、体罰はあくまで手段なのである。」(～ナク、は～ナクテの連用中止形)

(2) 動詞の否定のテ形～ナイデ

A ナイデ B 。：不做A、就做B。

Aは動詞ナイ形。但し、アルの否定形ナイは、ナイデという形はなくナクテのみ。

例 ☞「弟ハ、チットモ勉強シナイデ遊ンデバカリイル。」

☞「子供が悪いことをした時に適当な罰を与えないで傍観しているのは、それこそ子供の心の発達に悪い影響を与えるのではないだろうか。」

（3）動詞の否定のテ形～ナクテ

A ナクテ B 。：Aは原因、Bは結果。Bは感情の述語が多い。

例 ☞「弟ハ、チットモ勉強シナクテ困ル。」

☞「事実、ある子供は『僕が悪いことをしても、先生が叱ってくれなくて、寂しかった。』と言っている。」

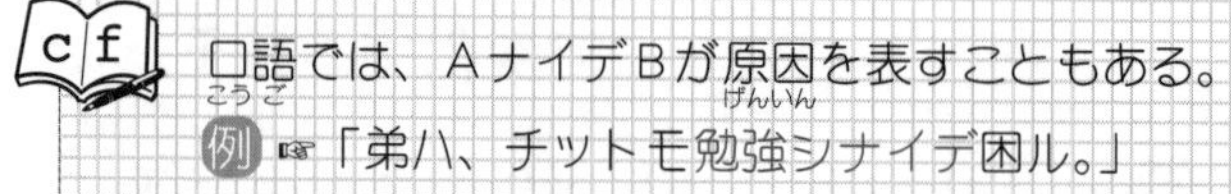

口語では、AナイデBが原因を表すこともある。

例 ☞「弟ハ、チットモ勉強シナイデ困ル。」

4. 形式名詞コトとノ

（1）コト

節の後につき、節を名詞化する機能を持つ。

例 ☞「歌ヲ歌ウ」（節）

→「歌ヲ歌ウコト」（名詞節）

☞「私ハ歌ヲ歌ウコトガ好キデス。」

☞「彼ノ趣味ハ歌ヲ歌ウコトデス。」

☞「学校の中で暴力を許すことは、社会の暴力を許すことに繋がる。」

☞「体罰とは『肉体的苦痛を与えることによって教育効果を上げること』である。」

（2）ノ

節の後につき、節を名詞化する機能を持つ。

例 ☞「歌ヲ歌ウ」（節）→「歌ヲ歌ウノ」（名詞節）

☞「私ハ歌ヲ歌ウノガ好キデス。」

☞「彼ハ歌ヲ歌ウノヲヤメタ。」

☞「子供が悪いことをした時に適当な罰を与えないで傍観しているのは、それこそ子供の心の発達に悪い影響を与えるのではないだろうか。」

但し、ノのつく名詞節は述語になることはできない。（ノダ文との混同を避けるため。）

例 ×「彼ノ趣味ハ歌ヲ歌ウノデス。」

☞「体罰とは『肉体的苦痛を与えることによって教育効果を上げること』である。」

☞「大切なのは、教師が子供に対して「愛」を持つことである。」（以上の「こと」は「の」に代えられない。）

コトとノを比べると、コトはより抽象的な事態を表し、ノはより具体的な事態を表す。例えば、次のような違いがある。

例 ☞「私ハ、彼ガ歌ヲ歌ウノヲ聞イタ。」（彼の歌声を聞いた）

☞「私ハ、彼ガ歌ヲ歌ウコトヲ聞イタ。」（彼が歌うという噂を聞いた）

それ故、特に名詞節が感覚・知覚動詞の目的語となっている場合（名詞節の内容が見たり聞いたりしている対象である場合）は、コトでなくノを用いなければならない。（→**テーマ8**）

5. 取り立てのコソとサエ

（1）一つの事物を取り立て、他の事物を排除するコソ

名詞＋助詞＋コソ（助詞のヲは省略可能。助詞のガ、ハは省略可能、またはコソガ、コソハになる。）

例 ☞「彼コソ一国ノ宰相トシテフサワシイ。」（→**テーマ18**）

☞「ココデコソ、私ノヤリタイコトガデキル。」

☞「子供が悪いことをした時に適当な罰を与えないで傍観しているのは、それこそ子供の心の発達に悪い影響を与えるのではないだろうか。」

（「それ」は「子供が～傍観している」の部分を指示する。）

☞「しかし、だからと言って、子供が悪いことをしたら何でもかんでも体罰をするとしたら、あまりに前近代的でそれこそ暴力肯定になってしまう。」

（「それ」は、「子供が～体罰をする」の部分を指示する。）

（ソレコソは慣用句的な用法になっている。）

動詞テ形＋コソ、活用語バ形＋コソ、カラ＋コソ：条件・理由を取り立てる。

例 ☞「女性ハ、健康デアッテコソ美シイ。」

☞「愛スレバコソ、子供ヲ厳シク叱ルノダ。」

☞「ウレシイカラコソ、アンナニハシャイデイル。」

☞「そうしてこそ、子供は他人の痛みがわかるのだと思う。」

☞「正しい教育愛があってこそ、体罰は本当に子供たちのためになっていくだろうと思う。」

（2）最も可能性の少ない事物を示すサエ（モ）

名詞＋助詞＋（デ）サエ（モ）（但し、助詞のガ、ヲ、ハ、は省略し、代わりにデをつけることができる。）

例 ☞「コンナ常識ハ、子供（デ）サエ知ッテイル。」
（「子供」は「知っている」可能性の最も低いもの）

☞「彼ハ筆無精デ、恋人ニサエ手紙ヲ書カナイ。」
（「恋人」は「手紙を書かない」可能性の最も低いもの）

☞「体罰さえされない子供は教育から疎外されている、ということになってしまうだろう。」

動詞テ形＋サエ（～テモと同様に使う）

例 ☞「母親ガ説得シテサエ、犯人ハ投降シナカッタ。」

6．その他

（1）～テ以来

A 以来：Aの後ずっと。Aは動詞テ形

例 ☞「大学ヲ卒業シテ以来、ズット東京ニイル。」

また、Aは起点を持つ動詞でなければならない。

例 ×「科挙ノ制ガアッテ以来、中国ハ試験ノ国ニナリマシタ。」（「アル」は起点を持たない動詞）

○「科挙ノ制ガデキテ以来、中国ハ試験ノ国ニナリマシタ。」（「デキル」は起点を持つ動詞）

☞「日本では、戦後民主主義教育になって以来、学校教育の主人公は『教育を与える者』から『教育を受ける者』になった。」

（2）ダカラト言ッテ

A 、ダカラト言ッテ、 B 。：Aは正しい。しかし、Aが成立してもやはりBは成立する。

例 ☞「仕事ハ確カニ大切ダガ、ダカラト言ッテ病気ニナルマデ仕事ヲシテハイケナイ。」

☞「しかし、だからと言って、子供が悪いことをしたら何でもかんでも体罰をするとしたら、あまりに前近代的でそれこそ暴力肯定になってしまう。」

（３）アクマデ

Ａ ハ、アクマデ Ｂ 。：ＡはＢの性質（せいしつ）に徹底（てってい）・限定（げんてい）される。

例 ☞「サラリーマントハ、アクマデ会社ニ使ワレテイル身分（みぶん）デアル。」

☞「体罰自体が目的なのではなく、体罰はあくまで手段なのである。」

（４）節（せつ）の名詞化（めいしか）→（テーマ16）

例 ☞「危機（きき）カラ脱出（だっしゅつ）スル」→「危機カラノ脱出」

☞「これは､教育からの疎外を嘆いているのだと思われる。」

チャレンジ

練習

1．次の（　　　）に、ナイデまたはナクテを入れてください。

①お腹が空いていないから、ご飯を食べ（　　　　）コーヒーだけ飲んだ。

②私が欲しいのは、お金では（　　　　）愛です。

③雨ばかり降って、洗濯物が乾か（　　　　）困っている。

④あの試験に落ち（　　　　）よかった。

⑤今日は忙しく（　　　　）、ゆっくり話ができる。

⑥あなたは、あまり太ってい（　　　　）いいですね。

⑦学生の時は、授業に行か（　　　　）、図書館にばかり通っていた。

⑧そんなにあわてて食べ（　　　　）、ゆっくり食べてください。

⑨旅行に行け（　　　　）、残念だ。

⑩運動しないから、お腹が空か（　　　　）、朝から何も食べていない。

2．～テクル、～テイク、コソ、サエ、ダカラト言ッテ、アクマデ、を使って例文を作ってください。

✍ 作文課題

次のテーマから一つ選んで、是非を論じる作文を書いてみましょう。

①美容整形は是か非か

②授業で点呼をすることは是か非か

③死刑は是か非か

④安楽死は是か非か

⑤男女別学は是か非か

⑥小学生の週休二日制は是か非か

✍ 応用課題

現在賛否両論のある問題をテーマにして、「～は是か非か」というテーマで作文を書いてみましょう。

MEMO

テーマ20　「留学生の手紙」

りゅうがくせい　てがみ

学習事項

1. 暑中見舞（しょちゅうみまい）
2. お礼状（れいじょう）
3. 依頼の手紙（いらい　てがみ）
4. お詫びの手紙（わ）
5. 近況報告（きんきょうほうこく）
6. 年賀状（ねんがじょう）
7. 帰国の挨拶（きこく　あいさつ）
8. 敬語の用法（けいご　ようほう）

1. 暑中見舞（しょちゅうみまい）

「日本の友人（ゆうじん）へ」

暑中お見舞申し上げます。（しょちゅう　みまいもう　あ）1-(1)　8-(2)-①

暑い日が続いていますが、安室さんはいかがお過ごしですか。（あつ　ひ　つづ　あむろ　す）1-(2)　8-(1)-②, 8-(1)-①　私はこの夏は交流協会の留学試験があるので、毎日図書館へ通って勉強しています。（なつ　こうりゅうきょうかい　りゅうがく　しけん　としょかん　かよ）1-(3)　海水浴、登山、旅行と遊びまわっていた去年の夏休みがなつかしいです。（かいすいよく　とざん　りょこう　きょねん）

暑さの折り、ご自愛ください。（お　じあい）1-(4)　8-(1)-①

7月1日　1-(5)

胡　高嵐（こ　こうらん）1-(5)

安室奈美恵様（あむろなみえさま）1-(5)

暑中見舞は葉書でよい。涼しそうな絵を描くと、もっとよい。なお、立秋（例年は８月８日頃）を過ぎると、残暑見舞になる。

（１）暑中見舞の常套文。但し、立秋（例年は８月８日頃）以後は「残暑お見舞申し上げます」と書く。

（２）相手の様子を聞く
「お元気ですか」
「お変わりありませんか」
「いかがお過ごしですか」
「元気にお過ごしですか」等。

（３）自分の近況を書く

（４）結び
「ご自愛のほどを」
「お体を大切に」
「暑さに負けぬよう気をつけて」等。

（５）日付、自分の名前、相手の名前は、このような順序と様式で書く。

2．お礼状

「ホームステイ先の家庭へ」

前略
2-(1)

　夢のような東京の生活も、あっと言う間に終わってしまいましたが、皆様お変わりありませんか。
2-(2)　2-(2)　8-(1)-③

　東京では、大変お世話になりました。ご家族の皆さんが私を家族と同じように親切にしてくださったことは、一生忘れません。特に、お父さんの日曜大工を手伝ったこと、花火大会のこと、拓哉君と一緒にディスコに行ったこと、などは本当にいい勉強になりました。
2-(3)　8-(1)-③　8-(1)-③　8-(1)-①　2-(4)

　台湾に帰ってから、先生や友達に「日本語がとても上手になった。」と言われました。お土産にいただいた日本人形は、家族がとても喜んで、友達がとてもうらやましがりました。
2-(5)

　これから新学期が始まりますが、私は日本に留学するため、一生懸命勉強したいと思います。
2-(6)

　とりあえずお礼まで。
2-(7)

草々
2-(1)

8月30日

胡　高嵐

木村様

帰国したら、必ずすぐに書く。（電話やメールでもよい）

（1）「前略」というのは、時候の挨拶を省略することである。「前略」で始まったら「草々」で終わる。

（2）書き出しには、相手への気遣いを書く。

（3）ホームステイのお礼を先に書く。
「ありがとうございました」
「大変お世話になりました」等。

（4）ホームステイの思い出の例を書く。

（5）相手からプレゼントを贈られた場合は、お礼を述べる。

（6）余裕があったら、自分の近況を書く。

（7）簡単な手紙を書く時の結びの常套文。
「とりあえずお知らせまで」等

3．面識のない人への依頼の手紙

「日本の大学教授への指導依頼」

拝啓
3-(1)

時下益々ご健勝の段、お慶び申し上げます。
3-(2)　8-(1)-②　8-(2)-①

突然お手紙を差し上げる失礼をお許しください。私は台湾の◯◯大学の日本語学科を卒業し、来年の4月に日本の大学院に留学したいと思っている者です。今秋の交流協会奨学金試験を受けるべく勉強しております。
3-(3)　8-(2)-①　8-(1)-①　3-(4)　8-(2)-②　8-(2)-①

どの大学に留学したらいいか、うちの大学の吉田妙子先生に相談したところ、吉田先生は東京大学の佐々木先生を紹介してくださいました。それで今、お手紙を書いている次第です。
3-(5)

私が専攻したいのは、夏目漱石です。今まで「坊っちゃん」や「我輩は猫である」を読みました。今後は、漱石の初期の作品と後期の作品における自然観を比較したいと考えています。吉田先生から、佐々木先生は漱石の専門家でいらっしゃるとともに東洋思想全般に非常に造詣が深いと伺いました。もし幸いに交流協会の試験に合格したら、是非とも佐々木先生を指導教授としてご指導を賜りたいと存じます。
3-(6)　3-(7)　8-(2)-①　8-(1)-③　8-(2)-①　8-(2)-①

稚拙ながら、私の論文と入学後の研究計画を同封いたしました。どうか先生の研究生になることをご許可願えないでしょう
8-(2)-①　3-(8)　8-(1)-③

か。また、できれば大学の入学許可もいただけたら幸いです。

お忙しいとは存じますが、どうかよろしくお願いいたします。

お返事をお待ちしております。

敬具

1999年7月30日　　胡　高嵐

佐々木 一夫 先生

面識のない人への依頼の手紙は、最も気を使うべきである。相手と自分との距離をよく考えて書くこと。

（1）「拝啓」「謹啓」で始まったら、必ず「敬具」で終わる。返事の場合は、「拝復」－「敬具」。

（2）依頼の手紙を書く時は、最初に必ず前置きのことばを書く。面識のない人には、季節や人間関係に関係のない公用文の挨拶を用いる。
「時下益々ご清栄のこととお慶び申し上げます」
「時下益々ご健勝の段お慶び申し上げます」等。
会社に送る場合は、冒頭に「貴社におかれましては」等を書く。

（3）初めての人に書く場合は、突然手紙を送る無礼を詫びる。
「初めてお手紙を差し上げます」
「突然お手紙をさしあげる失礼をお許しください」等。

（4）自己紹介

（5）相手を知ったきっかけ、手紙を書く理由、紹介者と自分の関係を説明する。

（6）自分の側の事情をわかりやすく簡潔に書く。

（7）自分が相手に依頼する必然性を書く。

（8）相手への依頼事項を、最後にはっきり書く。

「～願えませんでしょうか」

「～をお願いできませんでしょうか」

「～てくださるようお願い申し上げます」

「～していただけたら幸いです」

「～していただければ幸いに存じます」等。

（9）依頼の常套文

「よろしくご検討のほど、お願い申し上げます」

「何卒よろしくお願いいたします。」等。

（10）返事が欲しい場合は、最後に書く。

「お返事をお待ちしています」

「どうかお返事をいただきたくお待ち申し上げます」等。

（11）宛名には、相手の肩書きを用いる。

教師・医師・弁護士・文化人の場合は「～先生」。

肩書きのない人は「～様」。

個人でなく機関・組織の場合は「～御中」。

機関内の担当者の名前がわからない場合は「肩書き＋殿」、例えば「〇〇大学教務課課長殿」。

4．お詫びの手紙

拝啓

時下ますますご清栄[8-(1)-②]のこととお慶び申し上げます[8-(2)-①]。

先日は[4-(1)]、研究生受け入れのご承諾をいただき[8-(1)-③]、大変ありがとうございました。

しかし、大変残念なことですが[4-(2)]、先生のご厚意[8-(1)-③]に従えないことになってしまいました。実は[4-(3)]、貴大学[8-(1)-③]からの正式な許可証がいただける[8-(2)-①]のが２月ということですが、交流協会の締切は１月30日なので、２月では間に合わないのです。そこで[4-(4)]、止むを得ず貴大学[8-(1)-③]の留学を諦めざるをえなくなりました。本当に先生のご指導[8-(1)-③]を受けたかったのですが、残念です。

佐々木先生には[4-(5)]、お手を煩わせた[8-(1)-③]上にこのような結果をお知らせする[8-(2)-①]ことになり、大変申し訳なく思っております[8-(2)-①]。どうぞ、お許しください。

先生のご研究[8-(1)-③]がますます発展することをお祈りして[8-(2)-①]おります[8-(2)-①][4-(6)]。

1999年12月22日　　　　胡　高嵐

佐々木　一夫先生

一般に、詫び状を書くのは早ければ早いほどよい。

（１）突然事情を書き始めないで、相手に感謝することから始める。

（２）悪いことを知らせる時は、前置きを書いて、相手に心の準備を与える。

「大変申し訳ありませんが」
「誠に悲しいことになりました」
「本当に残念なのですが」等。

（3）こちらの事情を書く。内情を打ち明ける時は、「実は～」で始め、相手に心の準備をさせる。

（4）どこかではっきりと自分の意志を書く。最後まで自分の意志が曖昧なのはいけない。

（5）最後にもう一回詫びて、相手の許しを乞う。

（6）最後の挨拶は、相手への気遣いを示す。（→**1**-（4））

5. 近況報告

「大阪の日本人の友達へ」

華原さん、お元気ですか。（5-(1)、8-(1)-②）
すっかりご無沙汰してしまって、申し訳ありません。（5-(2)）元気でやっていますから、まずはご安心ください。（8-(1)-①）

筑波というところは本当に田舎です。学校の他に、住宅や学生アパートしかありません。お店も、学校の中にしかないので、買物に行くチャンスもあまりありません。毎日、寮と教室を往復するだけです。でも、景色はいいし、遊ぶ場所がないので、勉強には最適です。大学が始まって一ヵ月になりますが、先輩たちがとても親切にしてくれるので、勉強は楽しいです。ただ、人が少ないので、会話を練習する機会がないのが困ります。

あなたの新しいお仕事は、いかがですか。（5-(3)、8-(1)-③、8-(1)-②）たくさんお金を儲

けて、夏休みには小室君と一緒に是非遊びにいらっしゃいね。8-(1)-①

ここは静かだから、デートには最適の場所ですよ。

じゃ、お互いに元気にやりましょう。5-(4) お返事くださいね。8-(1)-③, 5-(5) 小室君によろしく。5-(6)

5月15日　胡 高嵐

華原 朋美 様 5-(7)

追伸 5-(8)　大学の前で撮った写真をお送りします。8-(2)-①

あまり形式に捉われず、自由に書いた方がいい。

（1）親しい人への手紙は、時候の挨拶を省略してもよい。

（2）長い間手紙を書かなかった人への挨拶
「ご無沙汰しておりましたが、お元気ですか」等。

（3）相手のことを聞く

（4）結びの文
「じゃ、頑張ってね」
「では、お元気で」
「今日はこれで失礼します」
「乱筆乱文にて失礼」等。

（5）返事が欲しい場合。目上の人には、→**3**-(10)。

（6）他の人への伝言を伝える。
「～さんによろしくお伝えください」等

（7）相手が男性でも女性でも「～～様」。

（8）postscript　「追伸」「二伸」等。

6. 年賀状（ねんがじょう）

「台湾の恩師（おんし）へ」

明（あ）けましておめでとうございます。
6-(1)

先生はどんな お正月（しょうがつ）を過（す）ごしていらっしゃいますか。
8-(1)-①

日本で初（はじ）めてお正月を迎（むか）えましたが、寒（さむ）くてふるえています。でも、もうすぐ大学院（だいがくいん）の試験（しけん）があるので、遊（あそ）ぶことができません。大学院に合格（ごうかく）したら、来年（らいねん）はスキーに行きたいです。

今年（ことし）もよろしくお願（ねが）いいたします。
6-(2)　8-(2)-①

平成（へいせい）12年　元旦（がんたん）
6-(3)

胡　高嵐
6-(4)

日本では、年賀状（ねんがじょう）は必ず１月１日以後（いご）に届（とど）くようにする。１月１日以前（いぜん）に届くのは大変失礼（しつれい）である。（日本の場合は、郵便局（ゆうびんきょく）が年末体制（ねんまつたいせい）になり、年賀状が１月１日に届くシステムになっている。）

（１）年賀状の挨拶（あいさつ）

「謹（つつし）んで新年（しんねん）のお慶（よろこ）びを申（もう）し上げます」

「謹賀新年（きんがしんねん）」

「賀正（がしょう）」

「新年（しんねん）おめでとう（ございます）」

「明けましておめでとう（ございます）」等。

むろん、目上（めうえ）の人には「～ございます」をつける。

（２）その他（た）の挨拶（あいさつ）

「今年（ことし）もよろしく」

「本年（ほんねん）もどうぞよろしく（お願（ねが）い致（いた）します）」等。

（３）年号（ねんごう）と日付（ひづけ）

「元旦（がんたん）」「元日（がんじつ）」「一月一日（いちがつついたち）」等。

年号は、西暦（せいれき）でも元号（げんごう）でもよい。

（４）葉書の文面には、自分の名前だけ書けばよい。相手の名前は書かなくてもよい。

7. 帰国の挨拶

「日本の知人一般へ」

拝啓

水温む頃になりましたが、[7-(1)] 皆様には [7-(2)] ますますご清栄のこととお慶び申し上げます。[8-(1)-②][8-(2)-①]

さて [7-(3)]、３年間の留学生活もこの３月を以て無事に終わり、このたび私は [7-(4)] 帰国することになりました。

在日中は皆様にひとかたならぬお世話になりました。[7-(5)][8-(1)-③] 慣れない外国生活を過ごしながら、修士課程の学位を得ることができたのも、ひとえに皆様のおかげと、心から感謝しております [8-(2)-①]。日本での研究の成果を母国台湾で生かすとともに、日本で経験したさまざまなことを台湾に紹介していきたいと思っております [8-(2)-①]。皆様も、チャンスがあったら是非台湾にいらしてください [8-(1)-①]。お待ちしております [8-(2)-①]。

末筆ながら [7-(6)] 皆様のご健康を [8-(1)-③] お祈りいたしております [8-(2)-①]。　敬具

2002年３月10日　　　　胡　高嵐 [7-(7)]

サラリーマンの転勤の挨拶などは、大切な営業の挨拶になる。住所変更の報告をも兼ねている。

（1）「拝啓」の後には必ず季節の挨拶を書く。

例 ☞ 1月「お正月の気分も去り、気の抜けた日常がもどってきました。」

2月「厳寒の候、皆様お変わりありませんか。」

3月「水温む頃になりました。」

4月「吹く風暖かく、桜の花も満開です。」

5月「新緑も目に鮮やかな季節になりました。」

6月「灰色の空の、うっとうしい天気が続いています。」

7月「花火の音が聞えてくるこの頃です。」

8月「暦の上ではもう秋ですが、まだまだ暑い日が続いています。」

9月「残暑厳しい折、皆様お元気ですか。」

10月「すがすがしい秋晴れの空が広がっています。」

11月「朝晩、大分冷え込むようになりました。」

12月「師走を迎え、何となくあわただしいこの頃です。」

［参考］月の雅語：

1月－睦月	2月－如月	3月－弥生
4月－卯月	5月－皐月	6月－水無月
7月－文月	8月－葉月	9月－長月
10月－神無月	11月－霜月	12月－師走

（2）相手が不特定多数の場合は、一般的な挨拶でよい。
「皆様、ますますご健勝のことと存じます。」
「皆様、お元気でお過ごしでしょうか。」等。

（3）話題を変える時の接続詞「さて」。

（4）正式な手紙では、「私」「私こと」の文字は、行末に来るように文章を工夫する。

（5）相手へのお礼を必ず書く

「大変お世話になりました」

「いろいろお世話になりました」

「在日中は、ひとかたならぬお世話になりました」等。

（6）結びの常套文「末筆ながら」は最後に相手の事を書く時に用いる。

例 ☞「末筆ながら、おうちの皆様によろしく」

（7）家族全体で転勤・転居する場合の挨拶状は、家長を筆頭に家族全体の名前を書く。

8．手紙文でよく使われる敬語

（1）手紙の相手の動作・様子・所属物などを尊敬することば（尊敬語）

①手紙の相手の動作を尊敬することば（動詞）

(a) オ＋ 動詞マス形 ＋ニナル

例 ☞ 読ミマス→オ読ミニナリマス

但し、慣用的な用法として、

オ～ニナル／オ～ニナッテイル／オ～ニナッタ→オ～ダ

オ～ニナッテクダサイ→オ～クダサイ

動詞部分が動作名詞の場合は、ゴ＋ 動作名詞 ダ／クダサイ

例 ☞「安室さんはいかがお過ごしですか。」

☞「暑さの折、ご自愛ください。」

☞「突然お手紙を差し上げる失礼をお許しください。」

☞「どうぞ、お許しください。」

☞「元気でやっていますから、まずはご安心ください。」

(b) 動詞ナイ形 ＋レル、ラレル（受け身形と同形）。但し、スル→サレル

例 ☞ 読ミマス→読マレマス

☞ 来ル→来ラレル

(c) 次の 13 の動詞は、(a)(b)に加えて、特別な形がある。

・行ク→イラッシャル／オイデニナル／オ越シニナル
・来ル→イラッシャル／オイデニナル／見エル／オ見エニナル／オ越シニナル
・イル→イラッシャル／オイデニナル／オラレル
・スル→ナサル
・言ウ→オッシャル
・見ル→ゴ覧ニナル
・食ベル、飲ム→召シ上ガル／オ上ガリニナル
・着ル→召ス／オ召シニナル
・寝ル→オ休ミニナル
・知ッテイル→ゴ存ジダ
・死ヌ→亡クナル／オ亡クナリニナル
・～ダ→～デイラッシャル
・クレル→クダサル

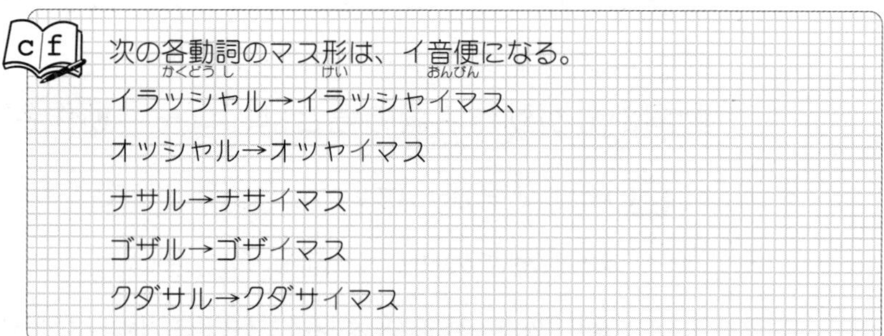
cf
次の各動詞のマス形は、イ音便になる。
イラッシャル→イラッシャイマス、
オッシャル→オッシャイマス
ナサル→ナサイマス
ゴザル→ゴザイマス
クダサル→クダサイマス

また、行ッテクダサイ、来テクダサイの慣用的敬語は、イラシテクダサイ、オイデクダサイ、オ越シクダサイ。

例 ☞「ご家族の皆さんが私を家族と同じように親切にしてくださったことは一生忘れません。」

☞「…佐々木先生は漱石の専門家でいらっしゃるとともに…」

☞「たくさんお金を儲けて、夏休みには小室君と一緒に是非遊びにいらっしゃいね。」

☞「先生はどんなお正月を過ごしていらっしゃいますか。」

「皆様も、チャンスがあったら是非台湾にいらしてください。」

②手紙の相手の様子を尊敬することば（形容詞類）

例： 暇→オ暇、元気→オ元気、上手→オ上手、

忙しい→オ忙しい、若イ→オ若イ、ドウ→イカガ、等。

但し、漢語には、ゴ〜。

例： 多忙→ゴ多忙

例 ☞「安室さんはいかがお過ごしですか。」

☞「時下益々ご健勝の段、お慶び申し上げます。」

☞「お忙しいとは存じますが、どうかよろしくお願いいたします。」

☞「時下ますますご清栄のこととお慶び申し上げます。」

☞「華原さん、お元気ですか。」

☞「あなたの新しいお仕事は、いかがですか。」

☞「水温む頃になりましたが、皆様にはますますご清栄のこととお慶び申し上げます。」

③手紙の相手の所属物を尊敬することば（名詞ー動作名詞も含む）

例： 名前→オ名前、手紙→オ手紙、ソッチ→ソチラ、等。

但し漢語にはゴ〜。

例： 家族→ゴ家族、健康→ゴ健康、意見→ゴ意見、等。

また、貴〜、御〜、という形もある。

例： 貴大学、貴社、御社、等。

例 ☞「皆様お変わりありませんか。」

☞「東京では、大変お世話になりました。」

☞「ご家族の皆さんが私を家族と同じように親切にしてくださったことは、一生忘れません。」

☞「是非とも佐々木先生を指導教授としてご指導を賜りたいと存じます。」

☞「どうか先生の研究生になることをご許可願えないでしょうか。」

☞「お返事をお待ちしております。」

☞「先日は、研究生受け入れのご承諾をいただき、・・・」

☞「しかし、大変残念なことですが、先生のご厚意に従えないことになってしまいました。」

☞「貴大学からの正式な許可証がいただけるのが２月ということですが、」

☞「そこで、止むを得ず貴大学への留学を諦めざるを得なくなりました。」

☞「本当に先生のご指導を受けたかったのですが、残念です。」

☞「佐々木先生には、お手を煩わせた上に……」

☞「先生のご研究がますます発展することをお祈りしております。」

☞「あなたの新しいお仕事は、いかがですか。」

☞「お返事くださいね。」

☞「在日中は皆様にひとかたならぬお世話になりました。」

☞「末筆ながら皆様のご健康をお祈りいたしております。」

（２）自分の動作・所属物などを謙遜することば（謙譲語）

①相手に対する自分の動作を謙遜することば（動詞）

(a) オ＋ 動詞マス形 ＋スル。

漢語の動作名詞は、ゴ＋ 動作名詞 ＋スル

例 持ツ→オ持チスル

案内スル→ゴ案内スル

慣用的に、オ（ゴ）＋ 動詞マス形 ＋イタス、

オ（ゴ）＋ 動詞マス形 ＋申ス、申シ上ゲル、

はさらに謙譲的。

また、オ（ゴ）～シテイルは、

オ（ゴ）＋ 動詞マス形 ＋シテオル

オ（ゴ）＋ 動詞マス形 ＋イタシテオル

オ（ゴ）＋ 動詞マス形 ＋申シテイル、申シ上ゲテオル、はさらに謙譲的。

例 ☞「暑中お見舞申し上げます。」

☞「時下益々ご健勝の段、お慶び申し上げます。」

☞「どうか、よろしくお願いいたします。」

☞「お返事をお待ちしております。」

☞「時下益々ご清栄のこととお慶び申し上げます。」

☞「佐々木先生には、お手を煩わせた上にこのような結果をお知らせすることになり、大変申し訳なく思っております。」

☞「大学の前で撮った写真をお送りします。」

☞「今年もよろしくお願いいたします。」

☞「先生のご研究がますます発展することをお祈りしております。」

☞「水温む頃になりましたが、皆様にはますますご清栄のこととお慶び申し上げます。」

☞「お待ちしております。」

☞「末筆ながら皆様のご健康をお祈りいたしております。」

(b) 次の 17 の動詞は、特別な形がある。

- 行ク→参ル
- 来ル→参ル、参上スル
- イル→オル
- スル→イタス
- 言ウ→申ス
- （相手に向かって）言ウ→申シ上ゲル
- （相手の物を）見ル→拝見スル
- （相手に）見セル→オ目ニカケル
- （相手に）聞ク、質問スル→伺ウ
- （相手の家を）訪問スル→伺ウ
- 食ベル、飲ム→イタダク
- 知ル、思ウ→存ジル
- （相手に）会ウ→オ目ニカカル
- （相手に）アゲル→サシアゲル
- （相手から）モラウ→イタダク
- （相手から）受ケル→賜ル
- ～ダ→～デゴザル

ゴザルのマス形はイ音便になり、ゴザイマスになる。

例 ☞「突然お手紙を差し上げる失礼をお許しください。」

☞「今秋の交流協会奨学金試験を受けるべく勉強しております。」

☞「吉田先生から、佐々木先生は漱石の専門家でいらっしゃるとともに東洋思想全般に非常に造詣が深いと伺いました。」

☞「是非とも佐々木先生を指導教授としてご指導を賜りたいと存じます。」

☞「稚拙ながら、私の論文と入学後の研究計画を同封いたしました。」

☞「また、できれば大学の入学許可もいただけたら幸いです。」

☞「お忙しいとは存じますが、どうかよろしくお願いいたします。」

☞「先日は、研究生受け入れのご承諾をいただき、大変ありがとうございました。」

☞「貴大学からの正式な許可証がいただけるのが２月ということですが…」

☞「…大変申し訳なく思っております。」

☞「ひとえに皆様のおかげと、心から感謝しております。」

☞「日本で経験したさまざまなことを台湾に紹介していきたいと思っております。」

②自分の所属物を謙遜することば（名詞）

拙～、弊～、という形がある。

例：拙論、弊社、等。

例 ☞「私は…来年の４月に日本の大学院に留学したいと思っている者です。」（自分のことは「者」、相手のことは「方」。）

封筒の宛名書きは、**3**-（11）に準ずる。
また、差出人の部分には、住所とともに必ず差出人の名前を書くこと。差出人の名前を書かないのは失礼になる。

関連語彙

１．普通郵便　２．年賀郵便　３．国際便　４．国内便　５．小包み
６．速達　７．書留　８．国際事務郵便　９．航空便　10．船便
11．お礼状　12．詫び状　13．招待状　14．挨拶状　15．見舞状
16．依頼状　17．クリスマスカード

チャレンジ

作文課題

知り合いの日本人に年賀状や暑中見舞を書いてみましょう。

応用課題

日本人の友達や先生に近況報告の手紙を書いてみましょう。

自分の言葉で個性豊かに

―学生の作文から―

これは、学生が実際に書いた作文を学生自身が修正した後、提出されたものです。

「話を効果的に展開する」・・・四コマ漫画から

「乗車拒否」

日文科二年　ＨＹＱ（女）

たいへん寒い冬の日でした。外は一面の雪で、たくさん積もっていました。外にいたサザエさんは寒気がして震えずにはいられなかったのです。その時、ある雪にすっぽり包まれたタクシーのような車が見つかりました。サザエさんは手を挙げて、走りながら、その車に呼びかけています。そして、車から「だめだね」という返事を耳にしました。そんな寒いのに、車に入らせてくれないと思って、サザエさんはかんしゃくを起こして、車を蹴飛ばしてしまいました。すると、車に積もった雪が落ちて、そして、その上に書いてある字が見えてきました。それを見ると、サザエさんは恐れて、逃げ出してしまいました。ということは、なんと、その車はタクシーではなくて、パトカーだったのです。

「悪態」

日文科二年　ＢＸＦ（女）

ある日、田中さんが公園のベンチに座って休んでいました。隣に、ちょうどある子供と体の大きい人も座っていました。すると、その子供は田中さんに悪態をついて、「イーだ、バカ」と言いました。

この子供は田中さんを「オタンコなす！　かいしょなし！」と続けて、罵っていました。田中さんはびっくりして、心の底から怒りがこみあげてきました。しかし、田中さんは「その大きい人がこのいやな子供の父親かもしれません」と思っていましたから、自分の安全のために、無理に「元気がいいなあ、坊や」と言いながら、笑顔を作ります。

田中さんの内心は「悪ガキ」と思っているのに、その子供の頭をなでました。そのとき、その大きな人が立って、ひとりで、離れました。その一瞬間、田中さんはわかりました。その人はこの子に関係ないのでした。

田中さんはもう何も恐れないで、その子を吊し上げて、「このやろー、もう一ぺん言ってみろ。」と言って懲らしめました。

「物語を語る」

「『狼狽為奸』」の成語についての物語

日文科三年　ＺＹＺ（女）

狼と狽は野獣です。異なる点があるなら、狼は前脚が長く後脚が短いが、狽は前脚が短く後脚が長いことでしょう。この動物は、頻りに一緒に出て人々の家畜や食べ物を盗んで食べました。

ある日、狼と狽はある人の家に羊がたくさんいることを知りました。ところが、その家の壁はとても高く、堅固でした。だから、狼と狽はその壁を飛び越えることも、突きのめすこともできませんでした。

考えに考えた後、彼らにいい考えが浮かびました。狽は狼を首の上に乗せて長い脚で立って、狼を高くかかげました。それから狼が長い前脚でよじ登って、羊を盗りました。

そんなことがあった後、「狼狽為奸」という成語が出来たのでした。この成語は、若干名が馴れ合って人をだましたり、不正直な手段を使って目的を達成したりすることを意味するのです。

「梁山伯と祝英台」

日文科三年　ＧＱＩ（男）

昔、祝英台と言う、ひとりの少女がいました。少女は綺麗だし、頭もいいし、とても勉強が好きです。ところが、この時代、女の子が学校に通うことはできませんでした。そこで、少女は学校に入ろうと決心して、男の子の装いをして、学校に入りました。そして、少女は、毎日男の子の仲間と遊んだり、勉強したり、たのしく日々を過ごしました。男の子の仲間の中に、梁山伯という、ひとりのおとなしく、真面目な美少年がいました。やがて、二人は、とてもいい友達になってしまいました。少年が学校のどこかに現れるとき、必ず少女は後ろについてくるのでした。それにしても、少年を含めた学生達は、祝英台がほんとうは女の子であることを皆知らなかったのです。

いよいよ卒業の日になりました。祝英台は自分の家にいらっしゃいと、梁山伯を誘って、実は女の子だと秘密を打ち明けました。梁はびっくりしながらも、大変嬉しくなりました。二人は、そのとき、ひそかに婚約をしました。

しかし、金持ちの跡継ぎ、馬文財という少年の家庭から祝英台へのプロポーズを、彼女のお父さんが勝手に受け取りました。金でどうにでもなると言う考えの祝英台のお父さんは、彼女の激しい反対を、よそごとのように聞き流しました。途方に暮れる祝英台は、外にも出ずに自分の部屋で涙にくれました。

一方、それを知らされた梁は、平民の家庭の身分で、馬文財の財産と比べ物にならないので、どうしても祝のお父さんを説得することができませんでした。どうすることもできない梁は、悲しみのあまり気を失ってしまい、数日後、亡くなりました。

祝英台は花嫁として迎えられる日に、家を忍んで出て、梁のお墓の前に来て、心中しました。すると、あっと言う間に、二匹の蝶々が梁のお墓の上を回って飛んで行ったそうです。

「私の好きな映画」

「私の好きな映画」

歴史学科四年　OWL（男）

私は大学に入る前に、常に映画を見に行った。しかし、今時間もなくて映画のチケットも高過ぎだから、あまり映画館に行かない。家だけでテレビの映画を見る。私の好きな映画は、歴史物や喜劇などだ。でも、私が見た映画の中でずっと忘れないのは、初めて見た日本の映画の黒沢明の「生きる」だ。

「生きる」は専門学校の先生が授業のために私たちに見せてくれたのだ。黒沢明や志村喬など有名な映画監督と俳優もあって、深い哲理と芸術的な意味もあるから、今でも矢張りその映画をよく覚えている。

役所に勤めている渡辺勘治は、三十年近くの間休まなかった一生懸命な役人だ。彼の用事は、いろいろな書類に判子を機械のように正しく早く押すことだ。突然、病院の検診により、渡辺さんは胃癌の宣告を受けて、四ヵ月の命しか残らなくなってしまった。彼は家に帰って、唯一の息子と妻から彼の退職金と貯金を用いて、外で核家族を組みたいと聞く。渡辺さんは悲しくなって涙する。そして、彼は十万円を持って出掛けて、酒屋で一人の小説家に会う。その小説家は、渡辺さんに、限られた時をよく楽しむように勧める。しかし、渡辺さんは矢張り深い絶望を感じる。ある日、渡辺さんの一人の女の若い下役は彼に伴って散歩したり、食事したり、映画を見たりする。したがって、渡辺さんは死ぬ前に本当に何かするべきだとわかる。それで、渡辺さんは自ら公園を建てることを監督するが、だが彼の苦労が上役に奪われてしまう。最後、渡辺さんは怒りを示すために、公園で死ぬ時を迎えることを決める。渡辺さんの家族や友達やほかの人たちなどは十分に心を動かす。

この映画が私に大きな感動を与えるのは、人が最期の際に人生の存在の真義と価値を悟ることを述べていることだ。また、政府機構の官僚主義や責任不明などに激しい皮肉を浴びせている。更に資本主義の社会の老人問題を示している。だから、映画を見てから、それをよく考えてみる。

「生きる」は私が見た最初の日本映画だ。それから黒沢明の映画を見出している。できるなら、もう一度「生きる」を見たいと思う。

「身近な出来事を批判する」

「空」

日文科四年　ＣＦＬ（女）

故郷の空は青い。すごく美しい空だ。私は晴れ上がった空の日に、自転車に乗りながら野外へ行って自然に親しむのが大好きだった。新鮮な空気を吸い、青い空を見ると、気持ちも思わずよくなってきた。高校生の時誰でも大学入学試験の重い圧力の下で一息入れる時間もないようだった。その時の私はいつも暇に乗じて、友達と一緒に芝生に横たわって、空をじっと見詰める。真っ白な雲がひとつひとつ晴れやかな空を飛び渡り、心の中は眼中にある青い空と同じように、そんなに明るく、そんなに広々としていて、際限がない。まるで悩みは一切合切消えたようだった。澄み渡った大空の青さを私は愛している。すごく綺麗だった。

これは大学に入った時のことだ。空の色が急に変わったようだったのだ。すごくびっくりした。大空はそんなに広々していたのではなかった。高層ビルはいっぱい、私の視線を遮った。空気の汚染は大変､私がすごく愛していた大空の青さを灰色に染めた。ここは先進、にぎやかな大都市だ。昔なじみの所ではないのがよく分かったのだ。悲しいわ。それで私の心の中も空と同じようにどんよりとしている。たまに窓の側に近よって、私は自分の心の中の大空を探したいのだ。いつのまにか雨が降ってきた。空よ、君も悲しくて涙をほろほろとこぼしたのか。

人間はずっと目先の利益を求めると思う。大空の青さがもう変わってきたのに全然気づかなかった。人間はもっと裕福な生活を求めるために、ますます忙しくなってしまった。だけど、どっちにつけばいいかとますます迷ってしまったようだ。いったい人生の意味は何だろうか。大金持ちになることだろうか。権力と勢力のある人になることだろうか。青い空がほろほろと涙をこぼす時、人間は頭をもたげて、一瞥するだろうか。あるいは権利や利益を奪いあうことばかりして、もう忙しすぎて頭をもたげる時間もないのではないだろうか。

「桜若葉の間に在るのは切っても切れないむかしなじみのきれいな空だ。」これは高村光太郎が書いたあどけない話だ。これを読んで思わず記憶の故郷を思い出した。帰りたいわ。帰って、私の澄み渡った大空を探しに行きたい。私は大金持ちにもなりたくないし、権力や勢力も求めたくない。ただ、その青い空を返してほしいのだ。綺麗な青い空を傷付け続けるのをやめてほしいのだ。

「資料を分析して意見を述べる」

「資料を分析して意見を述べる」

日文科二年　ＹＬＪ（女）

この資料は、日本と台湾の大学生の性意識の比較です。日本と台湾の大学生それぞれ六十人にインタビューして、同棲、性関係、そして子供に対する問題の答を統計しました。この資料を見て、日本の女子学生と台湾の女子学生の答について自分の意見を述べたいと思います。

まず、同棲の賛否で、日本では40パーセントの女性が賛成で、8パーセントが反対です。台湾では反対する女性が圧倒的に多く、資料によると50パーセントにも至っていることがわかりました。それから結婚前の性関係については、賛成した日本人女性が40パーセントで、台湾では8パーセントしかいません。そして反対の態度を持つ台湾人女性は50パーセントいると示してあります。この二つの結果を合わせて見ると、日本の女子大学生の性意識は台湾の女子大学生より放胆なことが目立っています。が、「万一子供ができたら」という問題で、日本の女性は結婚するという項目や子供を生むという項目を選んだのは全部で36パーセントいるんですが、台湾ではそのまま生もうとする人が一人もいなく、結婚する人も8パーセントしかいません。反対に、中絶を考える人はなんと33パーセントいるのです。上の三つの結果に対して、自分の考えを提出してみたいです。

日本は強大な経済力を持つ先進国です。経済が成長するに従って、伝統的な産業、習俗、そして道徳がどんどん変わってくるのは各地でも同じはずです。それで、ずっと男性に制され、性を討論する勇気も機会もなかった女性の、もっと積極的に知りたい、自主的に体験したいという気持は、分かりやすいのではないでしょうか。さらに、外国人の性意識と女権拡張運動に影響されたことも、今の女子学生の性意識を作り出した大切な要素なのではないかと思います。こんな日本人女性に比べると、台湾人女性はまだ貞操と処女ー男性が自分のために作った規則ーに拘っている人が多そうです。しかし、原因はそれだけではありません。今の台湾は生活水準が高まっていても、人間関係はあまり進んでいません。人々の間には尊重という態度はなく、悪い人と「力」を持つ人が力のない人をいじめているのです。女性は、今でも男性ほど力がありません。いじめられないように、女性は子供の頃から「女の子はこんなことをするべきではない」と何度も年上の女性が教えました。女性自身もどんどん依頼的になってしまい、自分で心と体を「発見する」こともできなくなってしまいました。この点が、台湾人女性が性関係と結婚の間に必然性を感じる人が多いことから、見えるのです。彼女たちは愛しい人のため、「処女の誇り」を守る心に私は感心しますけど、結婚した後で「発見し始める」のは、無責任なのではないでしょうか。しかし、子供の問題で、日本人女性は台湾人女性より伝統に拘っていると思われます。日本人女性は、どんなにセックスを楽しんでいても、最後は家庭主婦の道を選ぶ人が多そうです。子供を大切にする気持はいいですけど、日本の女の子はもっとさまざまな可能性を積極的に求めたほうがいいのではないでしょうか。これに対して、台湾人女性は中絶を考える人が多く、それは自分の独立と将来を自分の手で計画(けいかく)したい気持なのでしょうか。

私は、セックスと結婚はまったく別問題(べつもんだい)だと信(しん)じています。ですから、同棲にも賛成し、結婚前の性関係にも賛成します。これは、21世紀(せいき)にもはやるはずの両性(りょうせい)関係にまちがいないと思われます。

「～は是(ぜ)か非(ひ)か」

「妊娠中絶(にんしんちゅうぜつ)は是か非か」

日文科四年　ＰＺＣ（男）

私は中絶に賛成する。

また、イギリスから左(ひだり)のようなニュースを伝(つた)え、このテーマを論(ろん)じる次第(しだい)だ。

「レイプの結果(けっか)妊娠した十四才の少女(しょうじょ)が英国(えいこく)での人工(じんこう)妊娠中絶手術(しゅじゅつ)を求めたが、高裁(こうさい)はこれを禁止(きんし)する決定(けってい)を下(くだ)した。」

「自殺(じさつ)したい。」

当然(とうぜん)ながら、裁判長(さいばんちょう)は「胎児(たいじ)の生(い)きる権利(けんり)を最優先(さいゆうせん)する」という、憲法(けんぽう)を基(もと)にする論点(ろんてん)で判断(はんだん)した。となると、レイプされた少女の人生は一体(いったい)どうなるのか。胎児の生きる権利はもちろん尊重(そんちょう)すべきだが、恥(はじ)を知(し)る少女と何も知らない胎児との両方(りょうほう)のうち、私は少女の方(ほう)を選(えら)ぶ。

というのは、レイプされている時の恐怖(きょうふ)、無援(むえん)を体験(たいけん)したのはあくまでも少女本人(ほんにん)だからである。暴行(ぼうこう)された結果(けっか)を、そのまま母体(ぼたい)で育(そだ)てて行く、それから産(う)んで一緒(いっしょ)に暮(く)らすことは誰もいやではないか。また、心理的(しんりてき)・教育(きょういく)的を問(と)わず、子供の成長(せいちょう)に伴(ともな)う社会問題(しゃかいもんだい)もどんどん起(お)きるんではないか。そこまで行けば、もう一つ傷(きず)がつく。レイプされた女性だけでなく、先天性遺伝病(せんてんせいいでんびょう)の女性も同じだ。

ただ、否定(ひてい)できないのは、一度中絶が合法(ごうほう)的になると、安易(あんい)に中絶する女性が夥しくなってしまうことだ。うっかりしたとか、経済力が足りないとか、未成年性交渉とかの理由だ。

解決方法として、政府側がちゃんと中絶適用法を定めることが必要だと思う。つまり、中絶できる対象、その対象の判断者などである。さもなければ、中絶とは胎児にとって殺人行為になってしまうだろう。

「留学生の手紙」

To：吉田妙子先生　　　FROM：YCM（男・国際貿易学科卒業）

Fax：886-×-×××-××××

Tel(Fax)：81-×××-××××××

拝啓　陽春の候　ますますご健勝のこととお喜び申し上げます。

さて、この度いろいろお世話になりまして、ありがとうございました。もっと早くお礼を言うべきだったのですが、帰台した後たくさんの論文が先生を待っていて大変忙しいと聞いており、つい連絡が遅くなってしまい、申し訳ありません。今はたぶん一段落しただろうと思って、ファックスをお送り致しました。

先生にいただいたご本も勉強させていただきました。特に内田康夫さんの書いた小説は何らかの事件と歴史の伝説とを結び付けての展開を進めたもので、とても面白かったと思います。司馬さんの太閤記はつい今しがた読みはじめたばかりですが、最初のところにはもう大変興味をそそられて、読み進んでいきたい気持ちを禁じ得ませんでした。ただ、司馬氏の小説には文学的な表現や古文が多用されており、難解するところが少なくありませんけど。

先生は筑波においでになったことはないでしょうね。僕の近況を聞いていたらどのようなところであるか、大体見当がつくことができると思います。僕は、ここ1ヵ月余暮らしているうちに、あの陶淵明の「菊を東のまがきの下に採り、悠然として南山を見る」の心境に近付かんとしてきています。最近、暇な時間をつぶそうとして、書道を練習し始めました。このように3年間したら、もしかすると書道家になれるかもしれません。ああ、我が青春、筑波！

少し文句がましいことを言いましたが、どうもすみませんでした。そして久しぶりに日本語で文章を書いたので、間違いのところがありましたら、どうかお許しください。

先生も体をお大事にしてくださいね。

では、失礼致します。

（原文のまま。無修正。）

中国人学生の誤りやすい表現

―誤用例と解説―

文法編

文法編 1 文をめぐる問題

1. 文体

《誤用例》

◆「大学生と社会人を比べると、この項目の割合の消長は著しいである。」

☞ 著しいである → 著しい

《解説》

デアル体はダ体（普通体）の一種である。イ形容詞と動詞にダをつけることはできない。それ故、イ形容詞と動詞にはデアルもつけることはできない。

しかし、この説明に矛盾を感じる学生はきっと少なくないはずだ。何故なら、「きれいです」→「きれいだ」→「きれいである」、「日本です」→「日本だ」→「日本である」、等から見て、丁寧体デスの普通体がダまたはデアルだと考えられるからである。それなら、イ形容詞に限って「寒いです」が正しいのに「寒いだ」「寒いである」は何故間違いなのか、と疑問を呈するわけである。

戦前のイ形容詞は、「寒い」が普通体で、丁寧体は「寒うございます」が正しい形であり、「寒いです」は正しくないとされていた。「寒いです」が正しくなかったのだから、当然「寒いだ」「寒いである」も正しくない、ということになる。イ形容詞にデスをつけることが慣用化されたのは、戦後になってからだと言う。

現在では、「ありがとうございます」（「ありがたいです」の古体）、「おめでとうございます」（「おめでたいです」の古体）、「おはようございます」（「はやいです」の古体）などの挨拶の言葉にそのスタイルを残している。これは、言語は時代とともに変化するということの好例であろう。

2．主語と述語の呼応

《誤用例》

❶ ◆「なぜなら、私はたくさんの交通事故を見たことがあります。」

☞ なぜなら……あります → なぜなら……あるからです

❷ ◆「この中で私にとって一番困ったのは、人と話をする時、どこに視線を置いたらいいか、ということが理解できなかった。」

☞ 理解できなかった → 理解できなかったことだ

◆「このように見れば、最も大きな原因の一つは、簡単な日本語で言えない外国人がたくさんいます。」

☞ います → いることです

◆「内容は、アメリカの南北戦争の時の恋人の物語を描きます。」

☞ 描きます → 描いたものです

❸ ◆「また、中退者が減った原因はもう一つある。それは、不況と就職難と言う現実的な問題でたやすく中退者が減った。」

☞ 現実的な問題で → 現実的な問題である。この問題で、

《解説》

❶ナゼナラ～カラダと呼応する。

❷日本語の述語は一番後に来る。述語の動作や状態を担う主体が主語であると考えれば、「理解できなかった」の動作主は「私」、「います」の動作主は「外国人」、「描きます」の動作主は「物語の作者」である。「一番困ったの」「最も大きな原因の一つ」を主語にするには文末にコトダをつけ、「内容」を主語にするには文末に「モノダ」をつけなければならない。つまり、抽象名詞を主語にし、述語部分でその内容を示す時は、文末はやはり抽象名詞か、或い

は文末にコトダやモノダをつけて抽象化しなければならない、ということが言える。

❸主語「それ」に呼応する述語は「現実的な問題だ」である。しかし、❸の文中の「現実的な問題で」は「減った」の副詞句になっており、同一語に二重の機能を課すという誤用を犯している。

動詞をめぐる問題

1．テンス：出来事と出来事の前後関係を示す。

①絶対的テンス：主節のテンス。主節の出来事と発話時との前後関係を示す。

発話時より以前の出来事：過去時制。基本的にタで表わす。

例 ☞「きのう、本を２冊読んだ。」

発話時と同時の出来事：現在時制。基本的にテイルで表わす。

例 ☞「今、本を読んでいる。」

発話時より以後の出来事：未来時制。基本的にルで表わす。

例 ☞「あした、本を２冊読む。」

普遍的・習慣的に起こる出来事：超時的。ルやテイルで表わす。

例 ☞「私は毎日本を２冊読む。」

「ビタミン剤を毎日飲んでいる。」

②相対的テンス：従属節のテンス。従属節の出来事と主節の出来事の前後関係を示す。

従属節の出来事が主節の出来事より以前ならタで表わす。

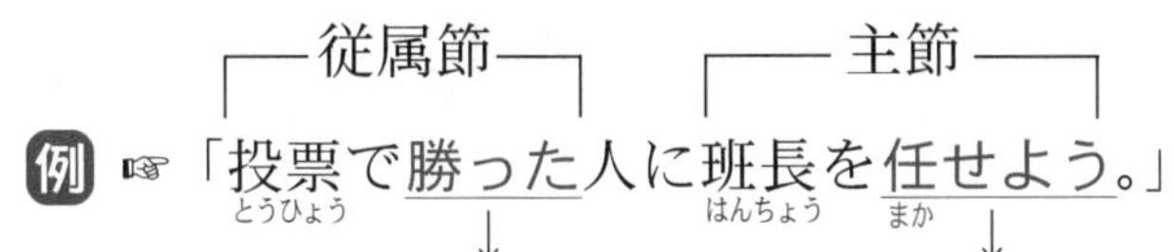

主節より以前の出来事　　発話時より以後の出来事

従属節の出来事が主節の出来事と同時ならテイルで表わす。

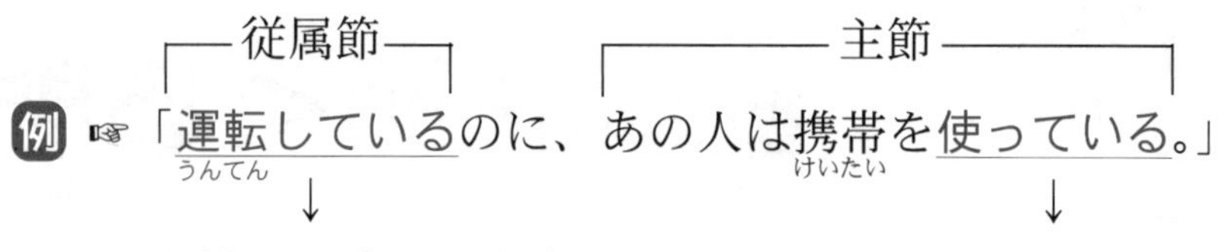

例 ☞「運転しているのに、あの人は携帯を使っている。」

↓ 主節と同時の出来事　　↓ 発話時と同時の出来事

従属節の出来事が主節の出来事より以後ならルで表わす。

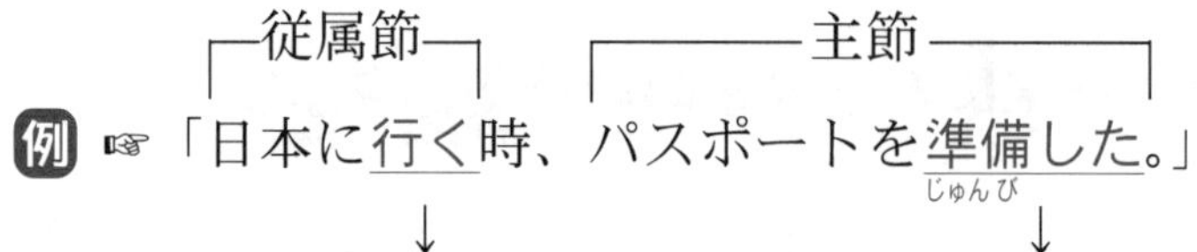

例 ☞「日本に行く時、パスポートを準備した。」

↓ 主節より以後の出来事　　↓ 発話時より以前の出来事

２．アスペクト：一つの出来事が、出来事全体のどの段階にあるかを示す。

例 ☞「今、行く（ところだ）。」（出来事の開始寸前）

☞「今、ご飯を食べている。」（出来事の途中）

☞「もう、ご飯を食べた。」（出来事の完了）

☞「財布が落ちている。」（出来事の結果継続）

テイル１：動作・作用の進行を表わす。無変化動詞につく場合。

テイル２：動作・作用の結果存続を表わす。変化動詞につく場合。

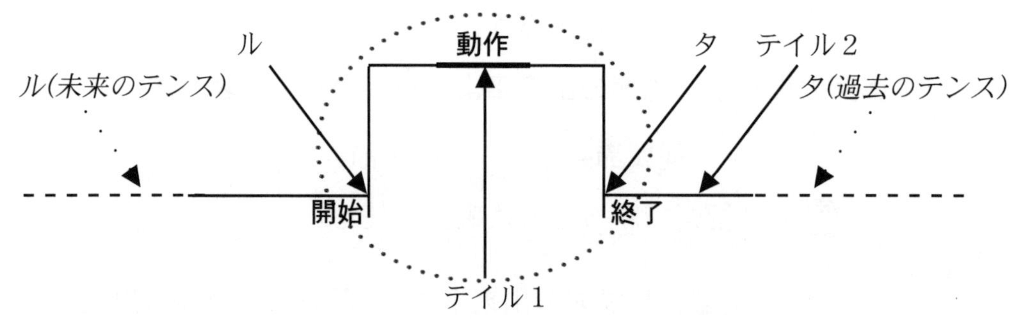

それ故、①「現在を中心としたある一定期間に継続する」という性質と、②「出来事の結果、動作主体そのものに変化が起こる」という性質を兼ね備えている動詞の～テイルは、①②の二様のアスペクトに解釈され得る。この場合、①か②かは、副詞や文脈から判断される。

例 ☞「姉は今、和服を着ています。」（現在進行形・着付けの最中）

☞「姉は今日、和服を着ています。」（変化の結果の状態・着衣の状態）

☞「彼の成績は、どんどん落ちている。」（現在進行形・成績の長期低落状態）

☞「彼の成績表が、こんな所に落ちている。」（変化の結果の状態・落し物）

3．モダリティ的用法

〈タの用法〉

①想起の用法

例 ☞「そうそう、今日は、ぼくの誕生日だった。」

☞「あなたは、どなたでしたか？」

②命令の用法

例 ☞「さあ、みんな、どいた、どいた。」

③決意の用法

例 ☞「よし、その絵、おれが買った。」

これらのタの用法は、従属節中では使えない。

例 ×「ぼくの誕生日だった今日」（非文）

×「どいたみんな」（完了の意味になる）

×「おれが買った絵」（完了の意味になる）

また、「命令」と「意志」は、卑俗な用法であるので、敬体にできない。

例 ×「さあ、みんな、どきました、どきました。」
×「その絵、私が買いました。」

〈テイルの用法〉

「記録参照時(きろくさんしょうじ)」を表わすテイル（→**テーマ18**）。資料などを見ながら過去のことについて発話する場合。（否定形は〜テイナイ）

例 ☞「結核(けっかく)は1940年以後、激減(げきげん)しています。」

〈ルの用法〉

① 小説中の非過去(ひかこ)（→**テーマ17**）
テイル、テアル及び否定形等の状態性の述語、来る・行く、テクル、テイク等移動(いどう)の表現、は非過去の方が生(い)き生(い)きとしたリアリティを齎(もたら)す。

② 物語の粗筋(あらすじ)における非過去（→**テーマ16**）

4．テイルとタ：出来事発生のタと、結果存続のテイル

①主語無変化動詞（結果非存続動詞）：食(た)べる、歩(ある)く、消(け)す、殺(ころ)す、壊(こわ)す、等。これらの動詞のテイル形は事態の進行を、タ形は完了を表わす。

☞「彼はご飯を食べている」（進行）→「ご飯を食べている人」（進行）

☞「彼はご飯を食べた」（動作完了）→「ご飯を食べた人」（動作完了）

②主語変化動詞（結果存続動詞）：死(し)ぬ、入(はい)る、眼鏡(めがね)をかける、消(き)える、壊(こわ)れる、等。これらの動詞のテイル形は結果の存続を、タ形は完了を表わす。

☞「彼は死んでいる」（結果存続）→「死んでいる人」（結果存続）

☞「彼は死んだ」→「死んだ人」
（完了）　　（完了）

また、「動作の完了」の状態はそのまま「結果」となる。それ故、「死んだ人」と「死んでいる人」は同じ事態(じたい)を示すことになる。

③「曲(ま)がった道」「尖(とが)った屋根(やね)」という言い方について

☞「道は曲がっている」→「曲がっている道」
（結果存続）　　（結果存続）

しかし、「曲がった道」（完了）は、「道は曲がった（×）」（完了）から派生(はせい)したわけではない。これは、

☞「彼は死んだ」→「死んだ人」
（完了）　　（完了）

からの類推(るいすい)で、

☞「道は曲がった」→「曲がった道」
（完了）　　（完了）

という「痕跡表現(こんせきひょうげん)」ではないかと考えられる。

5．テイタの用法

～テイルの出来事についての回想(かいそう)。出来事の発生よりずっと後になって発話された場合。出来事を話者が認識(にんしき)した時点を示す語が示される。（→**テーマ8**）（否定形は、～テイナカッタ）

例 ☞「私が帰った時、彼はお風呂(ふろ)に入っていました。」

☞「当時、兄は貿易会社(ぼうえきがいしゃ)に勤(つと)めていました。」

☞「去年、彼女の息子(むすこ)に会ったが、彼は母親によく似(に)ていた。」

☞「きのう、道を歩いていたら、財布が落ちていた。」

それ故、テイタには、発話時間、事件時間、参照（さんしょう）時間の３つがある。

例 ☞「私がそこに行った時は、彼はもう死んでいました。」

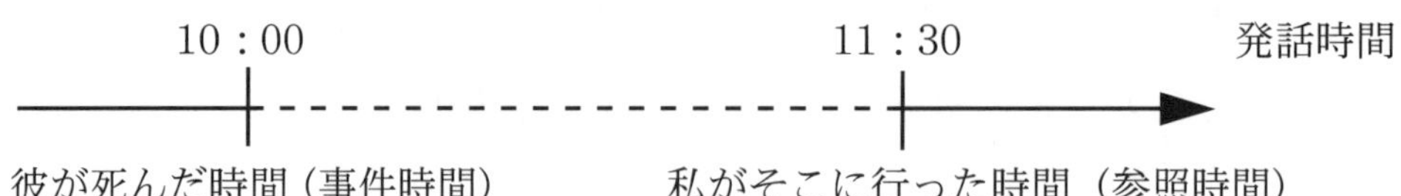

テイタは「過去の出来事で、話者が出来事の発生時を確認していない場合」に用いる。

６．日本語のル・タ・テイルのまとめ

		テンス表現		アスペクト表現		モダリティ的表現
ル	主節	①発話時より以後の出来事 ②普遍的・習慣的に起こる出来事	主節	出来事の開始寸前	主節	①物語の粗筋 ②小説の中で、状態性の述語、及び否定形
	従属節	①主節の出来事より以後の出来事 ②普遍的・習慣的に起こる出来事	名詞節		従属節	
タ	主節	発話時より以前の出来事	主節	出来事の完了	主節	①想起の用法 ②命令の用法 ③決意の用法
	従属節	主節の出来事より以前の出来事	名詞節	①出来事の完了 ②出来事の結果存続（変化動詞のみ）	従属節	
テイル	主節	①発話時に起こる出来事 ②習慣的に起こる出来事	主節	①出来事の途中（無変化動詞のみ） ②出来事の結果存続（変化動詞のみ）	主節	記録参照時
	従属節	①主節の出来事と同時に起こる出来事 ②習慣的に起こる出来事	名詞節		従属節	

7．日本語のテンス・アスペクトのわかりにくいところ

①ル・タ・テイル・テイタのわずか４種の形で、テンスもアスペクトもモダリティも表わすこと。それ故、ル・タ・テイル・テイタのわずか４種の形が、さまざまな役割（やくわり）を担（にな）っている。

②ル形が決して現在の事実（じじつ）を専門（せんもん）に示さない。「現在形」という名称に惑（まど）わされると、「私は台北（タイペイ）に住みます。」のような誤用が生（しょう）じる。**6**の表からわかるように、ル形は「現在形」と言うより「非過去」である。

③過去・完了のどちらもタ形で表す。それ故、「もうご飯を食べましたか。」「いいえ、まだ食べませんでした。」という誤用を招（まね）くことになる。因（ちな）みに、古語（こご）では過去の助動詞はキ、完了の助動詞はヌ、と区別（くべつ）されていた。アメリカの小説の "Gone with the Wind" の日本語訳は『風と共に去りぬ』であり、完了の部分にわざわざ古語を用いているのは、現代語では完了だけを専門に表す語がないからであろう。

④テイル形の用法が複雑（ふくざつ）である。状態性を表す形容詞的性格を持つ故に、完了のタの用法とも重（かさ）なる。例えば、「彼は眼鏡をかけた」は過去の一回限（かぎ）りの動作と考えられ、「彼は眼鏡をかけている」は動作の結果の状態と考えられるが、「眼鏡をかけた人」と「眼鏡をかけている人」はどちらも結果の状態と考えられる。しかし、「本を読んだ人」と「本を読んでいる人」は同じではない。動詞の性格によってテイルの意味が違ってくるのである。それ故、作文では動詞の性質を見分けるということも必要になってくる。

⑤以上の原則（げんそく）の上に、モダリティ的な用法もある。

《誤用例と解説》

❶◆「これは、現代（げんだい）の若者（わかもの）の自我（じが）の意識（いしき）が覚醒（かくせい）する結果ではないだろうか。」

☞ 覚醒する → 覚醒した

◆「その時、猿（さる）たちがお爺（じい）さんの寝（ね）るうちにいたずらして帽子（ぼうし）を盗（ぬす）んで……」

☞ 寝る → 寝ている

◆「でも、猿たちはお爺さんの叱った真似をしました。」

☞ 叱った → 叱る

◆「お客様が出る後で、一切れの食べ残しの羊羹が……に置いてありました。」

☞ 出る → 出た

これらは、決まった形を取る文型である。「～タ結果」「～テイルうちに」「～ル真似」「～ル前」「～タ後」など。

❷(a) ◆「ある日、お爺さんが帽子を売った後、家に帰っている時、五匹の猿を見ました。」

☞ 帰っている → 帰る

◆「山田君がお店に入っている時に、……老人が目に入りました。」

☞ 入っている → 入る

(b) ◆「子供を失っている事件」

☞ 失っている → 失う

(a)はいずれも動作が途中の様子を表そうとしてテイルを用いたものと思われるが、「帰る」「入る」は継続性のある動作ではない。いずれも、目的の場所に帰りついた瞬間や中に入りついた瞬間を表すものである。動詞に継続性がない場合、テイルは進行中の動作を示さず、結果の状態を示す。動作が完了する前の時点を示す場合は、「～ル時」を用いるべきである。

(b)は修飾部が被修飾名詞の内容を示すものになっている（「同位節」→**テーマ2**）。事柄の内容を示す場合、事柄は抽象化されていなければならない（→**1．文をめぐる問題**）から、動詞はル形にする。

❸(a) ◆「この文章を見て、私はとても深い感動を受けます。」

☞ 受けます → 受けました

(b) ◆「死刑とは、重大な罪を犯す人を死によって罰することである。」

☞ 犯す → 犯した

◆「最近、この制度に反対する人は多くなる。」

☞ 多くなる → 多くなった

(c) ◆「雪にすっぽり包まれるタクシーがマスオさんの目の前を通りました。」

☞ 包まれる → 包まれた

◆「ちょうどある目がつぶれる年寄がつえをついて来た。」

☞ 目がつぶれる → 目がつぶれた

◆「ある日、帽子をかぶるおじいさんが……」

☞ かぶる → かぶった

(d) ◆「兄は去年結婚しています。」

☞ 結婚しています → 結婚しました

(e) ◆「やがてマスオさんは疲れて公園のベンチに座っていました。」

☞ 座っていました → 座りました

◆「子供が走っていったら、ちょうど一台の車が年寄の側に停まっていた。」

☞ 停まっていた → 停まった

◆「癇癪を起こして車を蹴飛ばしていたので、車から雪が落ちて……」

☞ 蹴飛ばしていた → 蹴飛ばした

(a)は明らかに過去の事実を述べているのだから、ル形ではおかしい。ごく初期のミスである。

(b)は、ル形が恒常的習慣或いは未来を表すことを忘れていることからきている。また、タ形が動作完了後の状態を表すことを忘れているのも原因である。

(c)もやはり(b)と同様の原因が考えられる。動詞を用いて現在の状態を表す場合は、タ形かテイル形であるが、名詞修飾節内部の動詞の場合は、テイル形よりもタ形の方がよく用いられる。特に、容貌、衣服の着脱状態などはそうである。

(d)は、「結婚する」を「似る」「聳える」など形容詞的な性格を持った動詞と同種の動詞と理解していることからきている。形容詞的な性格を持つ動詞の特徴は、動作の開始点を含まないことである。「結婚する」「住む」「持つ」などの動詞は状態性を持つものではあるが明らかに動作の開始点を持っているので、「結婚している」「住んでいる」は完了状態が持続している例と考えられる。誤用例では明らかに動作の開始点を述べているのだから、タ形にする。初級日本語で「結婚する」「住む」「持つ」など通常長期間持続すると考えられる動作はテイル形で紹介されることが多いが、これも誤用の原因であろう。

(e)は、観察者が事態の開始点を確認しているのだから、テイタは使えない。「魚が死んだ」というのは、話者が魚の死んだ瞬間を確認した場合に言う。「魚が死んでいる」は、話者が魚の死んだ瞬間を確認せず、すでに死んだ魚の死体を見ている時に言う。

❹(a) ◆「彼は今高等学校の三年生で、大学の入学試験を準備します。」

☞ 準備します → 準備しています

(b) ◆「そのお爺さんが居眠りをする時に、木の上の猿がおりてきて……」

☞ する → している

◆「お爺さんは猿が彼の帽子を被るのを見ると、とても驚いた。」

☞ 被る → 被っている

(c) ◆「大空はそんなに広々としたのではなかった。」

☞ 広々とした → 広々としている

(d) ◆「逆に、台湾の女性は大体同棲に反対します。」

☞ 反対します → 反対しています

◆「心臓病(しんぞうびょう)の死亡率(しぼうりつ)は……徐々(じょじょ)に高(たか)くなることがわかる。」

☞ 高くなる → 高くなっている

(a)は継続性のある動詞なので、現在進行中の動作を表す時は、テイル形にする。大学入試準備(にゅうしじゅんび)は明らかに限られた期間の習慣なので、ル形は使えない。ル形を使うと、未来のことになってしまう。

(b)形式名詞「時」「の」「こと」の前の動詞のテンスは、ル、タ、テイルのいずれもあるので注意。

(c)は開始点のない状態性を示すから、テイル形を用いる。この際(さい)、必ずしも主節(しゅせつ)の動詞のテンスに合(あ)わせてテイタにしなくてもよい。

(d)は資料を見ながら述べる「記録・経歴」の用法であるから、テイル形にする。

❺(a) ◆「その盲人(もうじん)はサングラスをかけて、右手(みぎて)で杖(つえ)にすがって歩(ある)きました。」

☞ 歩きました → 歩いていました

(b) ◆「その老人は木の下で休憩(きゅうけい)していますが、知(し)らず知(し)らず居眠りをしてしまいました」

☞ 休憩しています → 休憩していました

(c) ◆「元旦(がんたん)の連休(れんきゅう)に大阪(おおさか)の友達(ともだち)の家へ行きました。何(なん)ヵ月(げつ)も楽(たの)しみに待っていることです。」

☞ 待っている → 待っていた

ルやタが開始点(かいしてん)や終了(しゅうりょう)点を持つ動作であるのに対し、テイルやテイタは事態の開始点も終結(しゅうけつ)点も、事態の観察者(かんさつしゃ)に確認されていない。(a)は動作の途中経過(とちゅうけいか)だけを観察者が認識しているのだから、タ形は使えない。

また、(a)、(b)、(c)とも、物語として過去のことを回想(かいそう)する形式であるから、テイルではなくテイタを用いる。

❻(a) ◆「すると、一群（いちぐん）のビキニを着（き）た日本ガールが……はだかで日光浴をしたりしました。その時の私、とても驚（おどろ）いていました。」

☞ 驚いていました → 驚きました

(b) ◆「『困（こま）るなあ。』と、おじいさんが頭を掻（か）いた時、猿たちの動作（どうさ）を見ました。」

☞ 困るなあ → 困ったなあ

◆「帽子を買（か）う人がなくてつまらないと感（かん）じるお爺さんは居眠りをしてしまいました。」

☞ 感じる → 感じた

◆「途中、暑（あつ）くて自分（じぶん）も疲（つか）れますから、樹下（じゅか）で憩（いこ）いました。」

☞ 疲れます → 疲れました

(c) ◆「あの時はクラスメートといろいろな映画（えいが）を見ましたが、いまはあまり覚（おぼ）えません。」

☞ 覚えません → 覚えていません

感情（かんじょう）や生理（せいり）状態を表す動詞は、ル形やテイル形が誤用される傾向（けいこう）がある。

(a)は、事態の開始点と終了点を観察者（私）が確認できるのだから、テイタは使えない。

(b)は、感情や生理状態を表す動詞は、完了事態の結果と考えられるから、タ形を用いる。

(c)の「覚える」「知る」「わかる」「忘れる」など、認識を表す動詞のテンス・アスペクトについては別の分析（ぶんせき）が必要だが、「覚える」に関して言えば、「覚える」という動作が完了してその結果が長く続いている状態が「覚えている」であり、その否定形は「覚えていない」である。

❽◆「楽しかった日本旅行（りょこう）は、７月５日（いつか）に台北の中正空港（ちゅうせいくうこう）から始まりました。」

☞ 楽しかった → 楽しい

相対的テンスの間違い。従属節の「楽しい日本旅行」は、主節の「始まりました」より後の出来事であるから、過去形を使うことはできない。

8．テクルとテイク

テクルとテイクには、それぞれ２つの意味がある。

テクル：例 ①「ご飯を食べてきた。」：去某個地方吃飯再回來。

②「だんだん寒くなってきた。」：越來越冷。

①の意味に使われるのは、意志性の動詞。
②の意味に使われるのは、非意志性の動詞。

テイク：例 ①「ここでご飯を食べていこう。」：在這裏吃飯再走把。

②「人口はますます増えていくだろう。」：人口會更增加。

①の意味に使われるのは、意志性の動詞。
②の意味に使われるのは、非意志性の動詞。

《誤用例と解説》

❶◆「逆に、自動車の旅客輸送がだんだん上がってくる。」

☞ 上がってくる → 上がってきている

◆「……心臓病の死亡率がだんだん高くなってくるが、結核の死亡率が急速に低下してくることがわかる。」

☞ 高くなってくる → 高くなってきている

☞ 低下している → 低下してきている

◆「科学が進んできたのに伴って、多くの病気をなおすことができるようになっている。しかし、『文明病』という病気が逆に悪化していく。」

☞ 悪化していく → 悪化してきている

◆「……結核で死ぬ人が急速に減っていっているのに対して、心臓病で死ぬ人がだんだん増えてきていることがわかる。」

☞ 減っていっている → 減ってきている

事態が話者の発話時点に近づいてくる様子はテクルで表すが、この文は表やグラフなどの資料を見ながら述べる「記録・経歴」の用法なので、テイル形を用い、テキテイルにする。（→ **1** -（1））

なお、テイクは、発話時点から未来に向かう変化の予想を表わすので、多くは「～テイクダロウ」「～テイクト思ワレル」など、推測を表わす文型と共に用いられる。

❷ ◆「ところで、向こうの道である立派な車が止まってきました。」

☞ 止まってきました → 止まりました、近づいてきて止まりました

◆「間もなくおじいさんは樹の下で居眠りをしてきました。」

☞ 居眠りをしてきました → 居眠りをしてしまいました、眠くなってきました

テクル、テイクに伴う動詞は、変化の過程を持つ動詞のみ。変化の過程を持たない動詞にテクルを使うと、「別の場所へ行ってある動作をして、また帰ってくる」という意味になり、テイクを使うと「ここである動作をしてから別の場所へ行く」という意味になる。

例 ☞「お腹が空いたから、ご飯を食べてきます。」
☞「お腹が空いたから、ここでご飯を食べていきましょう。」

それ故、テクルは副詞ダンダンや、変化を表す動詞と共起性がある。

文法編3　助詞をめぐる問題

1．場所を示すニとデ

（1）ニ

ニは一般的に、動作主や動作対象の最終的な存在場所を指定する。

①場所を示す名詞に付いて、目的地を指定する。

例 ☞「新宿に行きます。」

但し、ニは最終的な存在場所を指定するだけであり、目的地への移動の概念を示さない。それ故、ニを使う時は「行く」「来る」など、到着点を持つ動詞と共にしか使えない。「新宿に歩きました。」は間違いであり、この場合はニでなくマデを使って「新宿まで歩きました。」とする。或いは、「新宿に歩いて行きました。」とする。

②場所を示す名詞に付いて、主格名詞或いはヲ格名詞の存在場所を指定する。文の中に主格名詞のみ存在する時は、ニ格で示された場所は主格名詞の存在場所を示す。文の中にヲ格名詞が存在する場合は、ニ格で示された場所はヲ格名詞の存在場所を示す。

例 ☞「図書館に、たくさん本があります。」
（「図書館」は主格名詞「本」の存在場所）

☞「庭の花壇に、バラの苗を植えました。」
（「庭の花壇」はヲ格名詞「バラの苗」の存在場所）

（2）デ

デは一般的に、動態動詞と共に用いて行為の行われ方を示す副詞句を作る。行為が行なわれる場所も、「行なわれ方」の一種と考えてよい。

①行為の手段や材料を示す。

例 ☞「テープで日本語を勉強します。」

☞「葱と豆腐で味噌汁を作ります。」

②範囲を示す。

例 ☞「富士山は日本で一番高い。」

③行為の行なわれる場所・範囲を示す。

例 ☞「図書館で勉強します。」

（3）場所を示すニとデの交替

例 ☞「横浜に家を買いました。」：ニは対象の最終的な存在場所を示す。「横浜」は「家」の存在する場所。（売買行為が行なわれた場所は不明。）

☞「横浜で家を買いました。」：デは動詞の示す動作が行われる場所を示す。「横浜」は「家」の売買を行なった場所。（家の存在する場所は不明。）

主格名詞やヲ格名詞が「家」などの移動不可能な物の場合は、場所名詞＋ニを用いて存在場所を示すことができるが、移動可能な物の場合は、ニを用いて存在場所を示すことができない。それ故、「横浜で焼売を買った」（「焼売」は移動可能）は正しいが、「横浜に焼売を買った」はおかしい。

《誤用例と解説》

❶◆「近所(きんじょ)の子供はどこにも遊(あそ)ばないで、電子用品(でんしようひん)だけで遊んでいます。」

☞ に → で　あるいは、

☞ 遊ばないで → 遊びに行かないで

ニで示される場所は、物の静的存在場所を示すか、あるいは「行く」「来る」「帰る」などの到着点を持つ動詞と共起して目的地を示すか、のどちらかである。

❷◆「家の近くに大きな田地(でんち)があったから、友達(ともだち)と一緒(いっしょ)にそこに遊びました。」

☞ に → で　あるいは、

☞ に → に行って　あるいは、

☞ 遊びました → 遊びに行きました

◆「夕べの時、みんなが吊橋(つりばし)に夕陽(ゆうひ)を見ました。」

☞ 吊橋に → 吊橋の上で、吊り橋に行って　あるいは、

☞ 見ました → 見に行きました

動作の行なわれる場所は、デで示す。移動を示したいなら、移動を示す動詞を使う。この種の誤用は、恐(おそ)らく中国語の「到」から来ている。「到」は～ニという助詞の役割(やくわり)を果(は)たすこともあれば、～ニ行クという動詞の役割を果たすこともあるので、注意すべきである。

❸◆「机(つくえ)の上で一切(ひとき)れ食べ残(のこ)した羊羹(ようかん)がありました。」

☞ で → に

◆「下の絵(え)は、カップが皿(さら)の上で置いてある。」

☞ で → に

◆「新店では、有名な学者(がくしゃ)や芸術家(げいじゅつか)などがたくさん住(す)んでいます。」

☞ で → に

◆「レストランで、ボーイさんがテーブルの側で立っています。」

☞ で → に

◆「いつもコンピューターの前で座っていて、プログラムのデザインをしています。」

☞ で → に

動作主または動作対象の存在場所を指定する時は、ニを用いる。「ある」「いる」「住む」「〜ている」「〜てある」などの動詞は、物の存在場所を示す名詞と共起性がある。

❹(a) ◆「台北ににぎやかなところは西門町や東区や公館などです。」

☞ に → で

◆「ところが、台湾にはどこでも野犬の姿が見られます。」

☞ に → で

(b) ◆「家族は全部で客間にいます。」

☞ 全部で → 全部

◆「どうして泥棒が部屋の中を歩いているのに、みんなで全然知らないのですか。」

☞ みんなで → みんな

(a)は、範囲を示す語はデである。

(b)は、「全部」「みんな」のような総量を示す語にこの種の誤用が多い。

例 ☞「一人では恥ずかしいから、みんなで先生の所へ行った。」(手段)

☞「七人がりんごを三つずつ食べた。全部でいくつ食べたか。」(総合計)

また、量を示す語は副詞として用いられるから、助詞は不要。

例 ☞「Ａ組の学生は、みんな来ました。」
(×「みんなで来ました」)

❺(a) ◆「数匹の猿が木の上に遊んでいました。」

☞ に → で

◆「10年前、家に一匹の犬を飼った。」

☞ に → で

◆「今、道に犬を見ると、いつか彼らは主人があるかもしれないと思う。」

☞ に → で

(b) ◆「その時、お婆さんは手で紙を持っていて、医者の前にすわって……」

☞ で → に

(a)の場合、「遊ぶ」「見る」「飼う」は動態動詞であるので、ニを用いることができない。

(b)の場合、「手」を手段と考えた場合はデでもよいが、この場合、「手」が「紙」の最終的な存在場所であるから、ニの方がよい。

例 ☞「肉と玉葱を入れて、手でかき混ぜます。」(「手」は手段)

☞「聖火を手に掲げて、ランナーが入場してきた。」(「手」は「聖火」の存在場所)

❻ ◆「雲林県の右手には中央山脈で、左手には台湾海峡です。」

☞ には → は、にあるのは

◆「近くに全部住宅街でした。」

☞ に → は、にあるのは

述語に何ら存在を示す動詞がない。どこかに動詞を入れなければならない。主語も述語も場所名詞なら、「AハBダ」という構文も可能なのである。

❽ ◆「だから、店の中でぶらぶらと歩きました。」

☞ に → を

◆「それでサザエさんはカツオ君の前に通り掛かって睨みつけました。」

☞ で → を

デは行為の範囲を示すが、「歩く」「通る」「飛ぶ」「渡る」など移動を示す動詞の場合は、通過点を示すヲを使う。

2．マデ

動作の及ぶ場所や時間の限界を示す。

例 ☞「東京から京都まで新幹線に乗ります。」

☞「三時まで勉強します。」

Aマデと言う場合、動詞はA以前のある地点（時点）からAに至るまで継続する行為でなければならない。

《誤用例と解説》

❶◆「父は会社に勤めていて、毎日早く出掛けて、遅くまで帰る。」

☞ 遅くまで → 遅く、遅くなって　または、

☞ 帰る → 仕事をしている

明らかに、母語干渉による誤用である。（中国語の「到」にはマデの意味と、～ニ至ッテという動詞を含む用法がある。）この文だと、「父」は「遅く」まで「帰る」という行為をずっと繰り返していることになる。マデを使ったら動詞はそれ以前に「父」のしていた事を表す継続的動作で、マデの前の名詞は継続動作の終了時点でなければならない。父が帰る「時点」を表すには、マデは使わず、「遅く」「９時に」などを使う。

❷◆「その中で、『水世界』という映画が今まで忘れない。」

☞ 今まで → 今でも、今になっても

◆「実は、その声がずっと消えないで、今までもっと強くなっている。」

☞ 今まで → 今では、今になって

これも、❶と同質の誤用である。中国語の「現在還是～」は「今でも」。

❸◆「大学生は２年生まで専攻科目を決めたらいい。」

☞ まで → までに

◆「そのとき、私はいつも２時までに勉強して、寝ました。」

☞ までに → まで

ニは場所と共に、特定の時間も指定する機能がある。Ａマデニは、Ａを最終期限としてＡ以前のどこかの時点で行為を完了すること。ＡマデはＡを終了時点としてＡ以前はずっと同じ行為を継続することで、継続動詞を用いる。マデは英語のtillにあたり、マデニはbyにあたる。

３．モ

モは一種の「取り立て」の助詞であるから、Ａモと言った場合は、Ａ以外のものも暗示する。また、他の助詞に添えて使うこともある。但し、格助詞ガ、ヲと共に使う場合は、ガ、ヲを省略する。

例 ☞ 私は昨日姉と一緒に家でテレビを見た。

→ 私も昨日姉と一緒に家でテレビを見た。
（私以外の他の人も見た）

→ 私は昨日も姉と一緒に家でテレビを見た。
（昨日以外の日も見た）

→ 私は昨日姉とも一緒に家でテレビを見た。
（姉以外の人とも一緒に見た）

→ 私は昨日姉と一緒に家でもテレビを見た。
（家以外の場所でも見た）

→ 私は昨日姉と一緒に家でテレビも見た。
（テレビ以外のものも見た、或いは、テレビを見る以外のこともした）

《誤用例と解説》

❶ ◆「いつも友達とKTVへ行って歌います。私も読書が好きです。」

☞ 私も読書が → 私は読書も

◆「両親は植物が好きですから、よく花屋から花や木などを買ってきます。休みの日は両親もたびたび一緒に山登りに行きます。」

☞ 両親も……山登りに → 両親は……山登りにも

モによって取り立てる句を理解していないための誤用。

❷ ◆「私は合唱団でアルトでした。……中学でも依然として変わりがなく、合唱団に入っていました。私もアルトでした。」

☞ 私も → 私はやはり

取り立てるべき句が文中にない場合、何を取り立てるかよく考える。「以前と同様に」という場合は、「やはり」「相変わらず」「依然として」などを加える。

❸ ◆「父は自分で溶接工場を経営していますが、ほんの小さい工場で、父は部長も社員です。」

☞ 部長も社員です → 部長でも社員でもあります

名詞述語部分「～ダ」を取り立てたい場合は、「～デアル」体を利用して、「ＡデモＢデモアル」という形にする。

❹ ◆「私は姉が二人います。二人も仕事をしています。」

☞ 二人も → 二人とも

◆「私は、田中さんか山本さんともいい結婚相手ではないと思います。」

☞ 田中さんか山本さんとも → 田中さんも山本さんも

◆「私とも姉とも台北に住んでいて、私は姉に大変世話になっています。」

☞ 私とも姉とも → 私も姉も

◆「弟と妹と二人とも、高等学校の学生です。」

☞ 弟と妹と → 弟も妹も

◆「私の幸せのためには、愛情と経済的安定とも大事です。

☞ 愛情と経済的安定とも → 愛情も経済的安定も

数詞＋トモ：その数の物は全部同一の述語動作をすることを示す。

例 ☞「二人ともテレビを見ています。」

ＡモＢモ：Ａ、Ｂは名詞。ＡもＢも同一の述語動作をすることを示す。

例 ☞「兄も弟もテレビを見ています。」

それ故、「兄も弟も二人ともテレビを見ています」という言い方もある。

❺(a) ◆「それだから、みんなとも仲がいいです。」

☞ みんなとも → みんな

(b) ◆「賛成する人も賛成しない人も、両方の人とも自分の論点を持って、長い間ずっと議論している。」

☞ 両方の人とも → 両方の人が、両方とも

トモは数詞以外にはつかない。

4．デモ

(1) 譲歩のデ

デには範囲を限定する機能がある。

例 ☞「携帯電話は一万円で買える。」

転じて、「Ａデ」と言う場合、「最も理想的ではないが、一応充分だ」という譲歩の意味になる。

例 ☞「私は、この服がいいです。」

これが最も気に入った服だという意味。

☞「私は、この服でいいです。」

これが最も気に入った服というわけではないが、これで一応充分だ、という意味。

（2）名詞＋助詞＋モ

名詞＋助詞に取り立てのモをつけた場合。

①Ａさんが行かない。Ｂさんが行かない。→ＡさんもＢさんも行かない。→誰（どちら）も行かない。
（格助詞ガの後に取り立てが付くと、ガは省略される。）

②あれを知らない。これを知らない。→あれもこれも知らない。→何（どちら）も知らない。
（格助詞ヲの後に取り立てが付くと、ヲは省略される。）

③学校へ行かない。会社へ行かない。→学校へも、会社へも行かない。→どこ（どちら）へも行かない。

④Ａさんと話さない。Ｂさんと話さない。→ＡさんともＢさんとも話さない。→誰（どちら）とも話さない。

⑤Ａさんに会わない。Ｂさんに会わない。→ＡさんにもＢさんにも会わない。→誰（どちら）にも会わない。

⑥「はい」と言わない。「いいえ」と言わない。→「はい」とも「いいえ」とも言わない。→何（どちら）とも言わない。

⑦彼は今日家にいなかった。彼は明日家にいない。→彼は、今日も明日もいない。→彼はいつもいない。
（時間副詞は助詞が不要。これは、ゼロ助詞）

⑧図書館で勉強できない。家で勉強できない。→図書館でも家でも勉強できない。→どこでも勉強できない。

前述**4**-（1）の譲歩のデに取り立てのモがついたのが、デモである。「Ａデモ」と言う場合はＡの他にＢ、Ｃ、Ｄ……が暗示されている。

⑨この服でいい。あの服でいい。→この服でもあの服でもいい。→どの服でもいい。
（この服もあの服も最も理想的ではないが、どちらも一応充分）

(３) 否定文と肯定文

上記①～⑧の例文中、「疑問詞＋助詞＋モ」の文がすべて否定文であることに注意。肯定文にするなら、譲歩のデを加えて、「疑問詞＋助詞＋デモ」にする。デモには、「たとえ～という条件であっても」という仮定条件が含まれているからである。

①誰も行かない → 誰でも行く

②何も知らない → 何でも知っている

③どこへも行かない → どこへでも行く

④誰とも話さない → 誰とでも話す

⑤誰にも会わない → 誰にでも会う

⑥何とも言わない → 何とでも言う

⑦彼はいつもいない → 彼はいつでもいる

⑧どこでも勉強できない → どこででも勉強できる

逆に、①～⑧の文を否定文にするには、譲歩のデを取り除いて、「疑問詞＋助詞＋モ」にする。

⑨どの服でもいい → どの服もよくない

それ故、名詞・疑問詞＋助詞＋デモ＋肯定文（助詞のガ、ヲは省略）
名詞＋助詞＋モ＋肯定文／否定文（助詞のガ、ヲは省略）
疑問詞＋助詞＋モ＋否定文（助詞のガ、ヲは省略）
ということができる。

(４) 名詞＋助詞＋デモ（助詞のガ、ヲは省略）

デモはもともと「たとえ～でも」という仮定条件の含みがあった。そこから、未定の事物にデモをつける用法が出てくる。

例 ☞「お茶でも飲みましょう。」

☞「お腹が空いたなら、パンでも食べたら？」

☞「夏休みには、北海道にでも行こう。」

この場合、「Ａデモ」のＡは仮定の事物であるから、既定の事物には使えない。

例 ☞ ×「友達と会って、お茶でも飲みました。」

×「お腹が空いたから、パンでも食べた。」

×「夏休みには、北海道にでも行った。」

《誤用例と解説》

❶◆「顔も喉もどちらでもよくない歌手もいます。」

☞ でも → も

否定文の中では、デモは使えない。

❷(a) ◆「私は山口さんはどちらでも結婚しない方がいいと思います。」

☞ でも → とも

◆「自分と他人の幸せのためには、私は二人ともと結婚しません。」

☞ 二人ともと → どちらとも

(b) ◆「誰にもその男の子になったら、ちょっとむかつくだろうと思う。」

☞ にも → でも

本来、疑問詞にどの助詞をつけたらいいかよく考える。(a)の場合は、（２）-❹を参照。(b)の場合は、疑問詞のある肯定文であるからデモをつける。

５．並列を表す助詞、ト、カ、ヤ、トカ

ＡトＢト：Ａ、Ｂは名詞。Ａ、Ｂがあり、他の物はない。

ＡカＢカ：Ａ、Ｂは名詞。Ａ、Ｂのうち一つを選ぶ。Ａ、Ｂ以外の選択はない。

ＡヤＢヤ：Ａ、Ｂは名詞。Ａ、Ｂのほかに、Ｃ、Ｄ……があり、Ａ、Ｂはその例。Ａ、Ｂ、Ｃ……は決定しているもの。

ＡトカＢトカ：Ａ、Ｂは名詞および文。Ａ、ＢのほかにＣ、Ｄ……が考えられるが、それらは皆未定のもので、Ａ、Ｂは思いつくままに例を挙げたもの。

《誤用例と解説》

❶◆「お金をあげるとか、玩具を買うとか、どちらに決めるか。」

☞ とか、とか → か、か

二者択一の場合は、カ。

❷◆「それから、経済力の弱い国に技術とか資金とか提供するべきだと思う。」

☞ とか、とか → や、など

◆「今、ここに住んでいるのは半数以上、師範大学の教授か職員などで……」

☞ か → や

◆「小川には金魚と亀がいました。」

☞ と → や

◆「でも、鳥と金魚のように、小動物なら飼えました。」

☞ と → や

いずれも、Ａ、Ｂ以外のものが想定されるから、ヤを使う。

❸◆「料理を作る時、心を使いますが、できあがりの時、『すごい』や『おいしい』とほめられるととてもうれしいです。」

☞ や、と → とか、とかと

名詞ではないものの例を挙げる時は、トカを使う。

❹(a) ◆「私は映画が大好きです。ミュージカルとか、アクションとか、恋愛物とか歴史物とか、素晴らしい映画なら何でも見たいんです。」

☞ とか、とか、とか → でも、でも、でも

(b) ◆「台北の家は狭いので、犬とか猫とか両方とも飼えませんでした。」

☞ とか、とか → も、も

テレビの影響のためか、学生はトカを使いたがるようである。**4**-（３）で述べたように、「ＡもＢも」という総量を表す時は、肯定文ではデモ、否定文ではモを使う。

６．ダケ

① ダケは量の限定を表し、シカ～ナイと共に用いると不足の気持を表す（→**テーマ16**）。

② ダケは一種の「取り立て」であるが、他の取り立てと違い、「名詞＋ダケ＋助詞」という構成を取ることができる。

例 ○「彼は母親にさえ話さない。」

×「彼は母親さえに話さない。」

○「彼は母親にだけ話さない。」

○「彼は母親だけに話さない。」

③ 他の取り立てと違い、述語になることができる。

例 ☞「子供さえ知っている。」

→×「知っているのは、子供さえだ。」

☞「子供だけ知っている。」

→○「知っているのは、子供だけだ。」

これらの性質のため、誤用も多い。

《誤用例と解説》

❶(a) ◆「日本の女子学生は反対する人が８パーセントいるが、台湾の女子学生は50パーセントいる。」

☞ ８パーセントいる → ８パーセントしかいない、８パーセントだけだ

☞ 50パーセントいる → 50パーセントもいる

(b) ◆「この客間にこの家族だけがいなくて、泥棒らしい人が二人います。」

☞ 家族だけが → 家族だけしか

(a)は、数字を述べる時は、量の大小の感覚まで表現した方が、数字の意味がはっきりするであろう。

(b)は、限定のダケ、シカ〜ナイの使い方を間違えると、反対の意味になってしまう例。

❷ ◆「彼らが15、6才だけで、ゆっくり勉強するべきなのに、受験の圧力は大きいです。」

☞ 15、6才だけ → たった15、6才、わずか15、6才、ほんの15、6才

ダケのみでは不足の観念を表すことはできない。また、年令などのように数字と共起する動詞がない数字の場合は、シカ〜ナイも使いにくい。年令、値段などが述語になった場合は、タッタ、ワズカ、ホンノなど少量を示す連体語を前に付ける。

☞「体重は40キロある」→「体重は40キロしかない」→「体重はたった40キロだ」

☞「年令は10才だ」→×「年令は10才しかない」→「年令はほんの10才だ」

☞「この服は千円だ」→×「この服は千円しかない」→「この服はわずか千円だ」

❸ ◆「マドンナも人間だけである。」

☞ 人間だけである → 人間でしかない、人間に過ぎない

中国人学生に最もよく見られる誤用である。名詞＋ダケは、数量のみを限定し、質を限定しない。中国語の「不過是〜」は、〜デシカナイ、〜ニ過ギナイ。

7．ノ

助詞のノを、代名詞として使う場合、照応する本名詞の質に注意。

例 ☞「この黒いカバンは私のです」

前方の「カバン」が「の」に照応する。この用法は主に会話で用いられ、照応する名詞は具体的な物に限られる。

《誤用例と解説》

❶◆「外国の文化を取り入れすぎたため、良い文化と悪いのを分けなかった。」

☞ 悪いの → 悪い文化

◆「一方、田中さんの性格と山口さんのは似ています。」

☞ 山口さんの → 山口さんの性格

（それぞれ照応する名詞を繰り返す）

具体的な物でない場合は、ノを使うのは不自然である。

❷◆「乗用車の消費効率は750Kcal／人キロ、鉄道のは103Kcal／人キロと、著しい対照を見せている。」

☞ 鉄道の → 鉄道の消費効率、鉄道のそれ

極度に抽象的なことを述べる場合では、ノではなくソレを用いることがある。

例 ☞「現地人が非常事態に見せた自己管理のあり方は立派なものであったが、現地在住の日本人のそれはあまりほめられたものではなかった。」

文法編 4

接続助詞をめぐる問題

接続助詞とは、二つの節をつなぐ語である。接続助詞に関する誤用の最も大きな原因は、前件と後件の関係を正確につかんでいないために、無意識に或いは誤って他の接続助詞を使ってしまうことである。そこで、類似の概念を持つ接続助詞相互の異同を中心に解説を進めていく。

1．動作の並列を表す表現、タリ、シ、ナガラ

タリ：行動の例を挙げる。（→**テーマ1**）

シ：理由の例を挙げる。（→**テーマ2**）

ナガラ：①動詞マス形＋ナガラ：同一の人が同一時間（期間）内に二種の動作をする。

例 ☞「食事をしながら話しましょう。」

②イ形容詞辞書形、ナ形容詞・名詞の語幹、動詞マス形＋ナガラ：ケレドモの意味。文語的。

例 ☞「敵ながらあっぱれ」

☞「狭いながらも楽しい我が家」

☞「まずいまずいと言いながら、全部食べてしまった。」

「しかしながら」という言い方もある。

《誤用例と解説》

❶ ◆「私達アルバイトの仕事は、競選総部の中で雑多なことをするし、ほかには外へ出て広告資料を出すことだ。」

☞ するし → したり

シを使う時は、言外にその帰結が含まれている。

例 ☞「雑多なことをするし、広告資料を出すし、とても大変だった。」

❷(a) ◆「木村さんはこの子の頭をなでながら、その大人は一人で離れた。」

☞ なでながら → なでている時

(b) ◆「……自動車の数が上がりながら、事件件数も多くなっている。」

☞ 上がりながら → 上がると共に

(c) ◆「この運転手はちょっとうるさかったながら、彼の態度はほんとうによかったと思います。」

☞ うるさかったながら → うるさかったけれども

ナガラは同一人物の同一時間内の並行動作を表す。(a)のように二人の人物の動作が並行している場合は、トキを使う。

また、ナガラは二つの意図的な動作を同時にする時に用いるので、(b)のような無意志的な事態の時は、〜ト共ニを用いる。

ナガラは過去形には接続しない。また、逆接のナガラは文語的なので、(c)のような日常的な文章には合わない。

2．逆接の接続助詞ガ、テモ、ノニ

《誤用例と解説》

❶ ◆「野良犬は都市の環境に影響を与えるだけではありませんが、私たちの生活の安全を脅かしています。」

☞ ありませんが、 → ありません。または、なく、

◆「野良犬というのは生まれた時から野良犬なのではありませんが、人に捨てられたのです。」

☞ ありませんが、→ ありません。または、なく、

ガでつなぐことのできる二文は、逆接のほかに「前置き」の用法がある。例えば、「私は犬を飼っているんですが、犬は実にかわいい動物だと思います。」などのように、前文が前置き、後文が本論という関係である。上の二例はそのような関係ではないので、二文を切って別の文にした方がいい。或いは、この文は中国語で言えば「不是～，就是～。」という関係なので、「AではなくBである」という文にする。

❷◆「死の不安がなくなったのに、……病人自身とまわりの関心者にこれはまだ大きい問題です。」

☞ なくなったのに → なくなっても

◆「体の苦痛を必死にがまんするのに、家族が自分のせいで苦しんでいるのを見ると、誰も不安であろう。」

☞ がまんするのに → がまんしても

ノニは前文と後文の矛盾を慨嘆する気持が込められている（→**テーマ9**）。場合によっては、後文の内容を非難する気持がある。（例「あなたは、あした試験があるのに、遊びに行って！」など。）上の二例は一般論を述べているわけであるから、前文は「たとえ～ても」という仮定であろうと考えられるので、テモにする。

❸◆「劉さんは美人なのに、英語が下手ですから、スッチーには向きません。」

☞ 美人なのに → 美人だけど、美人ですが

「AのにB」は、AとBそれ自身が論理矛盾する場合に用いられる。「劉さんは美人なのに、ボーイフレンドがいない。」のように、美人ならもてるだろうという通常の予想に反する場合、ノニが用いられる。しかし、この例のように、美人でも英語の下手な人はいくら

でもいる。これに対し、「Aけど(が)B」は、ある特殊な状況においてAとBが反対の価値を持つということである。この場合、「美人であること」と「英語が下手なこと」は「スチュワーデイスの資質を問う」という特殊な条件下での矛盾であるから、ノニではなくガ、ケドを使う。なお、この場合、テモは使えない。テモは逆接仮定条件だからである。

3. 条件を表す接続助詞タラ、ト、バ、ナラ

《誤用例と解説》

❶◆「もし、商業行為をすれば、固定の範囲が制限されることが必要だと思います。」

☞ すれば → するなら

タラ、ト、バが前件の後に後件が発生する場合に用いるのに対し、ナラを用いる場合は必ずしも前件の後に後件が発生するのではない(→**テーマ6**)。上の文は前件の前提条件を後件で述べているのだから、ナラにする。

❷(a) ◆「……医者がお礼を与えられて犯罪行為になってしまうと、医者はかわいそうではないか。」

☞ しまうと → しまったら

◆「日本人がもっと労働時間を短縮して余暇を増やすと、優雅な生活ができるし、世界各国からの公正な貿易も期待できるようになるだろう。」

☞ 増やすと → 増やせば

(b) ◆「一つの国だけが貿易収支で黒字が続くと、貿易摩擦が出てきました。」

☞ 出てきました → 出てきます

トは前件の後に習慣的・恒常的に後件が続くことを示している。それ故、トのある文は命題的な性質を帯び、後件の文末表現はル形

を用いる。文末には、(a)のようなダロウ、(b)のような過去形などの表現は取らない。（過去形を取るなら、「昔の習慣」を意味することになる。）タラ、バならそのような問題はない。

4．前件と後件の順序を示すテカラ

《誤用例と分析》

❶◆「二年前に大学に入った後、毎日バスで学校へ通っています。」

☞ 入った後 → 入ってから

ＡシテカラＢスル：ＡしてからすぐにＢをする。
Ａシタ後Ｂスル　：Ｂするのは、Ａしてからすぐでなくてもいい。

テカラの方が、「大学に入った直後（ちょくご）からずっと」という意味がよく出る。

❷◆「ボスは……と言ってから、その女性（じょせい）らはすぐに不快（ふかい）な顔色（かおいろ）になりました。」

☞ 言ってから → 言うと（発見のト）

テカラの前件Ａと後件Ｂの関係は、「Ａが起こるのは、Ｂが起こる前ではあり得ない」ということを意味する。（テ形の誤用分析の項で後述（こうじゅつ）。）つまり、Ａが先、Ｂが後という「順序（じゅんじょ）の強調（きょうちょう）」にすぎない。

上の文は、明らかに前件が後件の誘因（ゆういん）になっていると考えられる。前件と後件の因果関係（いんがかんけい）がはっきりしている場合はカラやノデを使ってもいいが、後件の事態が話者にとって意外な場合は、発見のト（→**テーマ17**）を用いる。

❸(a)◆「つまり、両方（りょうほう）の支持者（しじしゃ）がお互（たが）いに尊重（そんちょう）してから、たぶんそんなに衝突（しょうとつ）が起こらないかもしれない。」

☞ 尊重してから → 尊重すれば

(b) ◆「アメリカやヨーロッパでは、中華料理を食べてから、頭が痛く、喉が渇き、心臓が苦しくなる病状が起こる人が少なくないようだ。」

☞ 食べてから → 食べると

以上の例は、前件の後に後件が来るという時間関係だけでなく、前件が後件の条件になっている。しかし、テカラにはそのような関係を示す機能はない。これは、前件と後件の論理関係を理解していないために起こした誤用であろう。

5．原因と目的を表すタメニ

名詞＋ノ・動詞ル形 ＋タメ（ニ）：目的を示す（→テーマ5）

例 ☞「大学に入るために勉強する。」

☞「子供のために母親は何でもする。」

名詞＋ノ・活用語タ形 ＋タメ（ニ）：原因・理由を示す

例 ☞「大学に入ったために、お金がかかる。」

☞「激しい労働のために、体を壊した。」

タメは、タメニの連用中止形である。

《誤用例と解説》

◆「捷運を作るのは、台北での交通渋滞を解決するからだ。」

☞ から → ため

普通、原因とは過去にあり、目的とは未来にあるので、原因と目的はよく対立概念で捉えられるが、しかし「目的意識は行為をかりたてる原因の一種である」と考えれば、目的とは「未来にある原因」と考えられる。未来にある故、(a)はル形で表す。(b)のような原因は過去にある故、過去形で表す。「台北の交通渋滞を解決する」は未来のことであり、目的であるから、タメニを用いる。

6．テ形の使用による誤用

接続助詞をめぐる誤用の中でも最も多いのは、テ形と他の接続助詞との混同である。よって、テ形使用をめぐる誤用の問題を特に詳しく述べることにする。

テ形の基本的機能は「文の中止」でしかない。テにはもともと固有の意味はない。例えば、ノデを使う場合は前件が原因・理由、後件が結果と決まっているが、テにはそのような意味が予め決まっているわけではなく、前件と後件の意味関係によって後から用法が判定されるのみ（→**テーマ10**）という、いわば「無味無臭」の接続法である。

しかも、その用法も明確な境界があるわけではなく、互いに連続しているのである。つまり、テ形は他の接続助詞に比べてファジーな性格を持っている。その一方、テ形活用は初級の早い時期に訓練されるものだから、学生にとって比較的口になじんでいる接続語である。それ故、二文を接続する際、文をひとまず中止するための便宜としてテ形が安易に用いられてしまう傾向がある。このようなテ形の無味無臭性・ファジー性・簡便性によって学生はテ形を気楽に用い、容易に誤りを犯す、ということになる。

（1）テと類似の機能を持つ接続語との混同

①「並列」の機能を持つ接続語との混同

「並列」とは、二つの動作が異なる時間において行なわれることである。タリ、シもそのような機能を持つ。

《誤用例と解説》

❶(a) ◆「もう一つは、ほかの子供はピアノを弾いて、絵を描いて、いろいろなことを習って、自分の子供は何も習わないと競争の相手に勝つことができないと思っている。」

☞ 弾いて → 弾いたり

☞ 描いて → 描いたり

(b) ◆「おとうさんは新聞を読んだり、子供たちはテレビを見たり、犬は座ったりしています。」

☞ 読んだり → 読んで

☞ 見たり → 見て

☞ 座ったり → 座って

タリには例示の機能がある。AタリBタリスルのAとBは単に多くの行為の中の代表例であり、A、BのほかにC、D、E……を予想させる。テ形を用いて「日曜日には洗濯して、テレビを見て、寝る」とした場合は、日曜日には「洗濯する」「テレビを見る」「寝る」の三つの行為だけをすることになるが、タリを用いて「日曜日には洗濯したり、テレビを見たり、寝たりする」とすれば、この三つ以外の行為も予想させる。(a)の行為は例示であるが、(b)の行為は限定されている。

❷(a) ◆「喜劇を見て、悲劇を見て、西部劇を見て、恋愛物を見て、いろいろな映画を見たことがあります。」

☞ を見て → も見たし

(b) ◆「黄さんは料理が上手だし、スポーツが好きです。」

☞ 上手だし → 上手で

(c) ◆「(理想の結婚相手は) 人格がいいし、包容力があるし、将来性があります。」

☞ いいし → よくて

☞ あるし → あって

シはある既定の結論に基づき、その根拠となる事実を列挙するものである。例えば、「おいしいものも食べたし、映画も見たし、そろそろ帰ろうか。」と言う場合は、「おいしいものを食べた」「映画を見た」は、後件の「そろそろ帰る」という結論の根拠になっている。つまり、前件は後件の結論を導いている。(従って、シの節はみな同一の観点から見られた内容である。) しかし、テ形はいくら列挙しても、結論を導きだす力はない。それ故、(a)はシにする。

しかし、逆に節相互に同一の観点がなく、従って一定の結論を必要とせず、ただ事柄を列挙するだけの時にはシを用いることはできず、テを用いなければならない。例えば、ある人物を推薦する目的を持つ時は、「彼は親切だし、明るいし、班長にもってこいだ。」と、シを用いて同一の観点から「彼」の特徴を列挙する必要があるが、単にある人物の特徴を列挙する時は、「彼は背が高くて、太っていて、いつもジーパンをはいています。」と、テを用いて単純列挙をする。それ故、(b)はテを用いる。

さらに、シの示すものは、既定の事実でなければならず、仮定の条件の場合には使えない。それ故、(c)のように理想の結婚相手の条件を列挙する時には、テ形を用いるべきである。

②「継起」の機能を持つ接続助詞との混同

テ形の最も基本的な用法である「継起」は、単に前件と後件の時間の前後関係を示す（前件の後に後件が発生する）だけのものであるが、実は他の接続助詞も、前件の後に後件が発生するという関係になっているものがほとんどなのである。それで、学生は簡便なテの方にとびつきやすく、誤用も最も多くなる。テカラ、トもそのような機能を持つ。

《誤用例と解説》

❶◆「おじいさんは目を覚ましてから、大変にびっくりしました。」

☞ **目を覚ましてから → 目を覚まして**

テが自然の順序を示すのに対し、テカラは動作主の意図的な計画による順序である。つまり、「前件が終わって初めて後件がある」という意味である。例えば、「結婚して、子供を生もう。」は単に自然のライフサイクルを述べているのみと考えられるが、「結婚してから、子供を生もう。」は「結婚前には敢えて子供を生みたくない」という意志が感じられる。上の例のように、「目を覚ます」の後にテカラを使うと、まるでわざと目を覚ましてびっくりしたようで、滑稽な感じがする。

❷(a)◆「そして、医者が部屋を出て、襖を閉めて、意地悪婆さんがいました。」

☞ 閉めて → 閉めると

(b)◆「ちょっと休憩しようと思うと、おじいさんは木の陰で休んだ。」

☞ 思うと → 思って

(a)などの「継起」の用法においては、自然現象以外の事態では、前件も後件も主語が同じでなければならない。また、「発見のト」を用いた文においては、前件の事態が終わってすぐに、観察者にとって意外な事態が後件で発生する。この例では、おじいさんの目から見て後件は意外なことなので、トを用いる。

また、(b)の例前件は「おじいさん」の内面を述べているものなので、観察者は「おじいさん」自身と考えられるが、後件で自分自身の行為に意外性を持たせるのはおかしい。よって、こちらはトが用いられず、テを用いる。

③「同時進行」「手段」の機能を持つ接続助詞との混同
ナガラも同様の機能を持つ。

《誤用例と解説》

❶◆「マスオさんは雪の中を歩いて、寒くて震えました。」

☞ 歩いて → 歩きながら

ナガラは同一時間帯に継続して行われる二つの無関係の動作である。「立って話をする」など、テ形が同時進行の役割を果たす時は、前件の動作の結果、動作主の形態や姿勢が変わり、それが後件遂行時まで残っている場合であり、そのような変化動詞以外は前件で使えない。「歩く」は動作の結果、動作主の形態や姿勢が変わる変化動詞ではないから、「歩いて」はナガラの役目を果たさない。それ故、「歩きながら」にする。

❷◆「私は、日本語はテレビを見ながら勉強しました。」

☞ 見ながら → 見て

この文の言わんとするところは、「テレビの日本語講座で勉強した」ということである。前件は後件の手段である。確かに前件と後件は同時進行しているが、これでは二つの無関係のことを同時進行させる「ながら族」の学習態度であるようだ。手段を特に強調したい場合は、テを用いる。

④「原因・理由」の機能を持つ接続助詞との混同

テ形が原因・理由の機能を持つためには、非常に複雑な条件が絡み合っている（→テーマ10）が、主な誤用は、次のようである。

《誤用例と解説》

❶◆「実はお見合いはおもしろくて、機会があったら、あるいはほんとに結婚相手が見つけないと、試してみよう。」

☞ おもしろくて → おもしろいから

原因・理由のテ形を用いた文では、文末は意志を表す文型を用いることはできない。何故ならば、テ形のテンスやモダリティは文末のそれに決定されるからである。

継起：☞「手を洗って、食事をしよう」
→「手を洗おう。そして、食事をしよう。」(◯)

同時進行：☞「座って話そう。」
→「座ろう。そして、話そう。」(◯)

手段：☞「一生懸命勉強して、いい大学に入ろう。」
→「一生懸命勉強しよう。そして、いい大学に入ろう。」(◯)

原因・理由：☞「お腹が空いて、ご飯を食べよう。」
→「お腹が空こう。だから、ご飯を食べよう。」(×)

それ故、前項述語のテンスやモダリティと文末のそれが一致しない場合、原因・理由を表したければ、テ形でなくノデ、カラを用いる。

❷(a) ◆「お医者さんが『なーに、単なる胃炎です』と言って、皆は安心した。」

☞ 言って → 言ったので、言ってくれて　あるいは、

☞ お医者さんが……と言って → お医者さんに……と言われて

(b) ◆「教授とか、学者とか、古跡を救う団体とか、タクシーの運転手でも、取り壊すのに反対するので、抗議に行って、警官と激しい衝突を起こした。

☞ 反対するので → 反対して

◆「先月、うちのお婆さんが脳出血だから卒中になりました。」

☞ 脳出血だから → 脳出血で

テーマ 10 で詳しく述べたように、前件も後件も意志的動作の場合は、後件の動作主の視点が前件に入っていなければならない。(a)において、後件の動作主「皆」は、前件では「お医者さん」の話す相手である。(本来は「お医者さんが皆に……と言って、皆は安心した」と言うべきである。) 視点の違いとは、語法的に言えば格の違いである。前件でニ格（動作の相手）になっていたものが、後件で主格（動作主）になることは、動作主の視点がずれていることになる。この場合は、ノデ、カラを使わなければならない。また、前件動詞にクレルを加えるか、態を変えて受け身にすれば、視点は安定する。なお、「お医者さんが来て、皆は安心した」などのような例は正しいが、それは動詞「来る」が明らかに「皆」の立場から捉えられた動作だからである。従って、「お医者さんが皆のところへ行って、皆は安心した」と言えば、前件は「お医者さん」の視点、後件は「皆」の視点になって視点がずれることになり、間違いになる。

(b)は、前件は確かに後件の理由であるが、前件の内容はむしろ自然継起である。前件・後件の主語も一致しているので、テ形の方が自然である。

❸◆「去年の四月の頃、私はうれしくて、救国団と日本亜細亜航空と日華青少年交流協会と日本交流協会など一緒に開催された日本大学生訪華研修団を接待しました。」

☞ ……うれしくて……接待しました。→ ……接待して、うれしかったです。

前件と後件を入れ替える。つまり、前件の「うれしくて」を後件に持ってきて、「……接待して、うれしかったです。」にする。

中国語の場合、例えば「あなたに会えてうれしいです。」を「我很高興遇到你。」と言うように、引き起こされた結果の感情を文の冒頭に位置させることが多い。そこで上の例のように「うれしい」を冒頭に持ってきて、しかも無味無臭のテ形でひとまず接続し、それからゆっくりうれしさを引き起こした原因を述べる、ということになる。また、上の例のように感情を引き起こした原因の部分が長過ぎると、「うれしい」という感情部分を後件まで保ちきれないことも、このような誤用の原因の一つであろう。

同質の誤用が、言論・思考の引用を示す表現によく見られる。

・「私は考えて、学生の義務は勉強することです。」（×）

・「私の先輩は私に話して、実はうちの大学院を受けました。」（×）

などは、「〜と考えます」「〜と言いました」等の引用の部分を中国語よろしく「我想〜」「他説〜」の構文と同様の語順にし、テ形で結びつけてしまった例である。

（2）テ形に本来課せられ得ない接続機能を課した誤用

前件の後に後件が発生することを示す継起性はテ形の基本的な性質であるが、それが他の接続助詞との混用を招くことがある。

①副詞節の文型に未習熟なために簡便なテにとびついた誤用

《誤用例と解説》

これは、比較的初級の学生に多い誤用である。

❶◆「結局、政府は農民の補助をして専門の人材を育て、よい政策を施して、このような激変に適応するようになります。」

☞ 施して → 施せば

◆「学生達は違う服を着て、自分が確かに他の人と違うとわかる。」

☞ 着て → 着れば

◆「例をあげて、私たちは自動制御や集積回路（IC）やコンピューターなどを習います。」

☞ あげて → あげれば

以上は条件節をテ形にした誤用である。テ形には条件節の機能はない。

❷◆「結婚したらDINKSになると思うは、子供に束縛されて希望しないからです。」

☞ 束縛されて → 束縛されること（の）を

◆「学校がそういう方法を使って、ちょっと変なのです。」

☞ 使って → 使うこと（の）は

これは、名詞節をテ形にした誤用である。

❸◆「そして、傘を探して、変なことがありましたよ。」

☞ 探して → 探している時に

これは、トキ節をテ形にした誤用である。

❹(a) ◆「最初は非常に大変なことだと思って、あとはだんだん慣れてしまいました。」

☞ 思って → 思いましたが

(b) ◆「パンの店の主人に聞いて、彼女はわかりませんでした。」

☞ 聞いて → 聞いても

(c) ◆「煙草は身体にあまりよくなくて、多くの人が毎日吸ったりしています。」

☞ よくなくて → よくないのに

以上は、逆接をテ形にした誤用である。

❺(a) ◆「それから、楽しくて彼はおもちゃ店に入った。」

☞ 楽しくて → 楽しく

(b) ◆「ところが、誰も思わなくて、お婆さんのスカートが傘の柄に引っ掛かってまくり上げました。」

☞ 誰も思わなくて → 思いがけないことに、思いがけなく

以上は、テ形を用いて正しくない副詞句を作った誤用である。(a)の場合、イ形容詞及び否定のテ形は並列・原因の用法しかない。

例 ☞「パーティは楽しくて有意義でした。」(並列)

☞「あまりに楽しくて、時間を忘れた。」(原因)

イ形容詞が述語動詞を修飾するのは、連用中止形だけである。

例 ☞「楽しく食事をした。」

②「文の中止」というテ形の機能を濫用した誤用

《誤用例と解説》

❶ ◆「中学校に入って、ある土曜日の夜に、家族全員で一緒に晩ご飯を食べて、料理には母が作ったフカの鰭のスープや姉が買ってきた滷味がありました。」

☞ 食べて → 食べましたが、食べました。

◆「八時半に病院へ父が私をタクシーで連れて行って、医者は私が食中毒(しょくちゅうどく)だと言いました。」

☞ 連れて行って → 連れて行きましたが、連れて行きました。

前件は後件の前置(まえお)きの役割(やくわり)を果たしているから、テ形でなくガを用いる。あるいは、句点(くてん)で文を切(き)って二文(にぶん)にする。

❷ ◆「私は緊張(きんちょう)して、財布(さいふ)の中には二千元(げん)もありますので。」

☞ 緊張して → 緊張しました。

◆「ある店で着物(きもの)を着(き)るとき持つおつつみを売って、そのような綺麗(きれい)な物(もの)を見て店に入って、ところが店員(てんいん)は無言(むごん)でトランプで遊(あそ)んでいて、彼らの顔(かお)から『高いので買いません』という言葉(ことば)を表(あらわ)しました。」

☞ 売って → 売っていました。

☞ 入って → 入りました。

☞ 遊んでいて → 遊んでいました。

前件と後件はまったく独立(どくりつ)している。二文を切った方がいい。テ形を用いて文を不要(ふよう)につなげた誤用である。

文法編 5

さまざまな文型をめぐる問題

1. 変化を表す文型―ナルを用いた文型

名詞、ナ形容詞 ＋ニナル、イ形容詞語幹 ＋クナル、
動詞普通体現在肯定・否定形 ＋ヨウニナル（テーマ18）

《誤用例と解説》

❶ ◆「テレビの普及率が高くなってくると、世界の動きや世界の出来事を知るだけでなく、疲れや気分をほぐしになってくる。」

☞ 疲れや気分をほぐしになってくる → 疲れや気分もほぐれてくる

◆「親子はあるやり方に変えりになった。」

☞ 変えりになった → 変えた

◆「日本では交通システムのコースの上の町は必ず繁栄しになって……」

☞ 繁栄しになって → 繁栄して

◆「もし、進んだ都市の交通も台北に似たら、国は乱れになるのに違いない。」

☞ 乱れになる → 乱れる

変化の概念を表そうとして、学生はついナルをつけてしまうのであろう。しかし、動詞とはそもそも物の動き、変化を示すものであるから、わざわざナルを加える必要はないのである。(状態を示す形容詞こそ、変化を示すナルが必要なのである。）動詞＋ヨウニナルという文型は、習慣・制度・能力（一種の状態）が変化することを表すのであり、動作や物の動きを示すものではない。それに加えて、～コトニナル、オ～ニナル（敬語）、などナルを用いた文型が多いものだから、学生はよけい混乱するのであろう。

❷◆「ある日帽子を売るお爺さんは遠い道を歩いたので疲れになる。」

☞ 疲れになる → 疲れた

◆「そう考えると子供は喜びになって家へ帰りました。」

☞ 喜びになって → 喜んで

◆「その男の子はむかつきになりました。」

☞ むかつきになりました → むかつきました

◆「お爺さんは、安心になりました。」

☞ 安心になりました → 安心しました

◆「子供たちは興奮してなられる。」

☞ 興奮してなられる → 興奮した

◆「捨てられた犬はすぐ死になります。」

☞ 死になります → 死にます、死んでしまいます

◆「お爺さんは居眠りになった。」

☞ 居眠りになった → 居眠りをした

感情や生理状態を示す動詞に、この種の誤用が非常に多い。生理・感情の変化は特に変化の印象が強いので、ナルをつけてしまうらしい。また、感情を示す語は動詞のほかに、形容詞（苦しい、うれしい等）もあるので、まぎらわしい。しかし、感情動詞も動詞である以上、感情が発生する瞬間を表しているのであり、感情発生以前からの変化を表すものであるから、ナルをつける必要はないのである。

❸ ◆「おじいちゃんは、この一瞬間、わかるようになってしまったのでした。」

☞ わかるようになってしまったのでした → わかってしまったのでした

◆「時間が流れて、ある日私は必ずあなたを忘れて、他の男性が好きようになります。」

☞ 好きようになります → 好きになります

ヨウニナルの意味がわかっていないところからくる誤用。また、「わかる」は❷の動詞同様、もともと変化を示す動詞であるから、ナルをつける必要はない。

❹ ◆「だんだん怒りになりました。」

☞ 怒りになりました → 腹が立ってきました

◆「学校内ではどこの芝生も人に踏まれたせいで、だんだん禿げるようになります。」

☞ 禿げるようになります → 禿げてきました

◆「経済高度発展と医学の進歩に伴って、年寄の人口が増えることになっていく。」

☞ 増えることになっていく → 増えていく（増えてきた）

◆「台湾では経済が進歩すればするほど、人の責任感が減りなります。」

☞ 減りなります → 減ってきました

増減・変化・進歩・発展などの概念を伴う動詞、およびダンダン、マスマスなど変化の過程を示す副詞を伴う場合には、誤ってナルをつけてしまう傾向がある。これらの動詞のアスペクトを表すには、テクルやテイクを用いるのがふさわしい。（→**テーマ 19**）

２．願望を表す文型

タイ、タガル、欲シイ、欲シガルは、内面の欲求や願望を表す。初級文法では、主語が話者自身の時はタイ、欲シイを使うと教えられるが（→**テーマ１**）、実際には、誰の視点で欲望を捉えるか、によって文末表現がいろいろ変わってくる。例えば、「私が子供の頃、父はとても厳しくて、私がどんなに玩具を欲しがっても、絶対に買ってくれませんでした。」などという文では、「父」の視点から話者の欲望が捉えられている。つまり、タイ、欲シイは「話者自身の視点から捉えられた話者自身の欲求」であり、非常に差し迫った、独り言に近い表現であると言わなければならない。改まった場所で自分の欲望を表現するには、タイト思ウ（思ッテイル）、欲シイト思ウ（思ッテイル）、など欲望を婉曲化・客観化した表現が望ましい。

また、タガル、欲シガル、は話者以外の願望であると教えられるが、これは、誰かが欲求を態度に顕わにしている様子を見て、話者が彼の欲求を判断したものである。であるから、「犬がご飯を食べたがってよだれを流している。」は言えるが、「先生がご飯を食べたがっている。」と、敬意を払うべき人の欲求を云々するのはどうであろうか。つまり、タガル、欲シガルは、「話者によって覗かれた第三者の欲求」なのである。

タイだけでなく、イ形容詞の語幹にタガルを付けたものも同じである。

例 ☞「私は雷がこわいです」→「犬は雷をこわがっています。」

×「猿はおじいさんの真似をして、全然こわくありませんでした。」→「こわがりませんでした」

《誤用例と解説》

❶(a) ◆「とても寒かったので、鈴木(すずき)さんは早く帰りたがりました。」

☞ 帰りたがりました → 帰りたいと思いました

◆「あの男はこの子供のお父さんではないことがわかったから、マスオさんはニヤニヤ笑いながら、この子供を吊(つる)し上(あ)げて、こらしめたがっている。」

☞ こらしめたがっている → こらしめたいと思った

(b) ◆「そして、その男の子は玩具(おもちゃ)が買いたいでした。」

☞ 買いたいでした → 買いたいと思いました

◆「ある日木村(きむら)さんは、長いこと欲(ほ)しがったおもちゃを買いに店に行きました。」

☞ 欲しがった → 欲しかった、欲しいと思っていた

(a)では、物語(ものがたり)を語(かた)る場合は、主人公(しゅじんこう)の視点で登場人物(とうじょうじんぶつ)の願望・欲求を捉えるわけであるから、主語が第三人称(だいさんにんしょう)とはいえ、タガルは使えない。

また、(a)(b)とも、タイ、欲シイでもよいが、タイ、欲シイよりワンクッションおいたタイト思ウ、欲シイト思ウの方がよい。

❷(a) ◆「この子はお金を持って店に入(はい)りたい時に、……乞(こ)い求(もと)めているのを見ました。」

☞ 入りたい時に → 入ろうとした時に

◆「ちょうど店に入りたがっていたとたんに、……おじいさんに気(き)が付(つ)きました。」

☞ 入りたがっていたとたんに → 入ろうとした時に

◆「盲人(もうじん)は自動車(じどうしゃ)の主人(しゅじん)の方(ほう)に身体(からだ)の向(む)きを変えて物乞(ものご)いしたいでした。」

☞ 物乞いしたいでした → 物乞いしようとしました

◆「勇気のある奥様は、自分で主人の魂を取りたがる鬼に打ち勝った。」

☞ 取りたがる → 取ろうとした

(b) ◆「ある日、お爺さんは平日どおり木の下に座って、帽子を売っていました。平日と同じ、誰も買いたくなかったです。」

☞ 買いたくなかったです → 買おうとしませんでした、買ってくれませんでした

タイ、タガルは内面の欲望状態を表すだけで、欲望を実現すべく実際に行動を起こしている様子を示さない。意志を持って行動を起こしかけ、それが第三者から観察できる様子は、～ヨウトスルで表す。中国語の「要」は、内面の欲求とともに、要求にしたがってまさに行動を起こそうとしている様子も表すので、母語干渉かと思われる。

❸(a) ◆「冬休みには、早くなってもらいたい。」

☞ 冬休みには、早くなってもらいたい → 冬休みが早く来ればいい

◆「それから、お金にはたくさんあってほしいと思います。」

☞ お金にはたくさんあってほしい → お金がたくさんあればいい

◆「一家が集まる時はもっと多くなりたい。」

☞ 多くなりたい → 多ければいい

(b) ◆「姉には、卒業してからいい仕事があってもらいたい。」

☞ いい仕事があってもらいたい → いい仕事についてほしい

(a)の～ニ～テホシイは、人に対する要求。非情物に対しては、いくら要求しても無駄である。非情物に対する要求は、～バイイト思ウ。(b)は人に対する要求であるが、動詞部分は人が努力できるような行為、つまり意志的動作でなければならない。また、～テ欲シイは話者の要求として述べる表現であるが、～テモライタイは指示・命

令に近い表現であるので、目上の者に使うのはふさわしくないであろう。

3．比較を表す文型

比較の文は基本的には、ある観点から見てより程度が勝れているものに～ノ方ガをつけ、より劣っているものに～ヨリをつける（→**テーマ6**）。しかし比較という行為はさまざまな視点から行なわれる（→**テーマ9**）ので、一つの文型だけを覚えていてもさまざまな場面に対応できないことがある。

《誤用例と解説》

❶(a) ◆「山本さんの年収は、田中さんの年収より多いです。」

☞ 年収は、山本さんの方が（田中さんより）多いです。

◆「山本さんの年収の方が、田中さんの年収より多いです。」

☞ 年収は、山本さんの方が（田中さんより）多いです。

(b) ◆「山本さんの職業と年収の方がいいから……」

☞ 年収も職業も、山本さんの方が（田中さんより）いいから……

比較のテーマがA、比較の対象がXとYの時、「Aは、Xの方がYより～」。例えば、「文法は、英語の方が日本語よりやさしいです」。これは、もともと「英語の文法の方が、日本語の文法よりやさしいです」の「文法」をハの機能により主題化したものである（→**テーマ14**）。上の例では、比較のテーマは「年収」或いは「職業」、比較の対象は「山本さん」と「田中さん」であるから、「年収」或いは「職業」を主題化し、上記のように修正する。

❷(a) ◆「台湾も外国人労働管制を実施していたが、日本ほどそんなに厳しい規制がない。」

☞ 日本ほどそんなに → 日本ほど

(b) ◆「台湾の交通渋滞は、日本の交通渋滞より大変ひどい。」

☞ 大変 → ずっと

(a)において、ソンナニはソレホドと同義で、もともと別の物との比較を暗示することばであるから必要ない。また、(b)において、「大変」「とても」「非常に」はある物の性質の程度を示す語で、XとYの差の程度を示す語は「ずっと」「だいぶ」「少し」などである。

❸(a) ◆「……心臓病で死亡する人の数が1955年の61人から、1980年の106人になり、ほぼ2倍ほど成長した。」

☞ 2倍ほど → 2倍に

(b) ◆「……1960年から1982年までの旅客運送機関は、自動車が1倍ほど成長しているのに対して……」

☞ 1倍ほど → ほぼ2倍に

変化の量を示す表現は、次のようである。

元の量をxとすると、

3つ増えた　：x→x＋3

3つに増えた：x→3（結果は3つになった）

2倍増えた　：x＋2x＝3x（この表現は、あまり使われない。「3倍になった」と言うべきである。）

2倍に増えた：x×2＝2x（結果は2xである）

1倍増えた　：x＋1x＝2x（日本語では1倍という言い方はしない。「2倍になった」と言うべきである。）

×1倍に増えた：x→1x（これは、全然変化がないことになる。「1倍に増えた」は形容矛盾であり、こんな表現は存在しない。）

因みに、(a)で死亡率など望ましくないことが増えた場合に「成長した」と言うのはおかしい。「増加した」「増えた」と言うべきであろう。

4．ハズ、ベキ、ワケ

ハズ、ベキ、ワケは共に形式名詞。ハズは客観的根拠のある推測（→**テーマ11**）、ベキは話者の主張（→**テーマ6**）、ワケは事情を示す。

《誤用例と解説》

❶◆「どうして女性はそれ（お茶汲み）をするはずか。」

☞ はず → べき

◆「この地方では、英語で話している人々の方がたくさんいるべきだろう。」

☞ べき → はず

日本語ではハズとベキは天と地ほどの違いのある語なのだが、中国語ではどちらも「應該」と言うので、学生に混乱をきたしているようである。但し、正確に言えば、ベキは「應該要～」であるが、ハズは「應該會～」であろう。

❷◆「結婚したら、責任があるべきです。」

☞ 責任があるべき → 責任を持つべき

ベキは主語が負うべき義務の動作であるから、ベキの前の動詞は、意志的動作を示すものでなければならない。

❸◆「だから、反対者は死刑をやめると主張している。」

☞ やめると → やめるべきだと、やめることを

◆「学生が学校に行って制服を着るのか着ないのか、まだいろいろな意見がある。」

☞ 着るのか着ないのか → 着るべきか着るべきでないか

これは、ベキの非用の例である。ベキの非用という誤用も意外と多い。

❹◆「そうしたら、学生の人格と創造力などの能力は成長できない。健全な国民になるわけではない。」

☞ わけではない → わけがない、はずがない

ワケの詳しい説明は省くが、ワケダは事情が解明された時に使うので、ノダやハズと一部意味が重なる。(但し、ノダと違って先行現象は必ず言語化されている。) ワケガナイは、ハズガナイと同義である。ワケデハナイは、「必ずしも～ではない」という意味である。上の例の下線部分は、「絕對不會～」という意味なので、ワケガナイにする。

5．ノダ

ノダの問題は、誤用よりむしろ非用にある。実は、中国語のある表現に、ノダに該当するものがある。例えば、「我昨天沒有來。」は「私は昨日来なかった。」だが、「我不是昨天才來的。」は「私は昨日来たのではない。」になる。「是～的」がノダ、「不是～的」がノデハナイに当たるわけである。単に事実報告をする時は「我昨天沒有來。」と言うが、雲助タクシーに高い料金を吹っかけられた時は「我不是昨天才來的。」と罵るわけである。

《誤用例と解説》

❶◆「……『同棲するのは絶対にいけない！』と言っていなくて、若者に……だんだん教えることが必要だと思われる。」

☞ 言っていなくて → 言っているのではなくて

典型的な「不是～的」の文型である。

❷◆「どうしてそんな人でも議員になれたのでしょうか。それは、国民が彼らを選挙したのではないでしょうか。」

☞ の → から

◆「私は日本人がご飯を食べる時、一人一人で食べるが風呂に入る時、一緒に入るのが理解できない。……それは日本人の民族性が比較的に集団の意識を強調するのではないかと思う。」

☞ の → から

原因・理由を示す文型は、ソレハ……カラダ（→**7. 原因・理由の表し方**）。しかし、ノダもある場合には先行現象の原因を示すことがある。ノダとカラダの違いは、どこにあるか？

例えば、入社試験に落ちた女性が受験先の会社に電話を掛けて、落ちた理由を聞いたとする。人事担当者はそれに答えて、どのように言うだろうか。例えば、受験者の成績が悪くて落ちた場合である。

Ａ：カラを使った場合

受験者「どうして私は落ちたんですか。」
担当者「あなたは30点だからです。」
受験者「えっ、私は30点だからですか！」（◯）

ノダを使った場合

受験者「どうして私は落ちたんですか。」
担当者「あなたは30点なんです。」
受験者「えっ、私は30点なんですか！」（◯）

次に、その会社が女性を求めていなかったので落ちた場合である。

Ｂ：カラを使った場合

受験者「どうして私は落ちたんですか。」
担当者「あなたは女だからです。」
受験者「えっ、私は女だからですか！」（◯）

ノダを使った場合

受験者「どうして私は落ちたんですか。」
担当者「あなたは女なんです。」
受験者「えっ、私は女なんですか！」（×）

ＡとＢの違いは、Ａは受験者が自分が「30点」だということを知らなかったが、Ｂは受験者が自分が「女」だということを知っているということである。このように、理由が聞き手にとって未知の内容である場合はノダが使えるが、既知の内容の場合はノダは使えず、カラしか使えないのである。

6．自分の意見・主張を述べる文型

主張を表す文型は、主張の強さによっていろいろなパターンがあるので、よく整理すること。（→**テーマ19**）

《誤用例と解説》

❶(a) ◆「但し、結婚相手の選択ということは恋愛感情を越したことだと思っている。」

☞ 思っている → 思う

(b) ◆「私は学生が学校へ行く時、制服を着なければならないと思われる。」

☞ 思われる → 思う

(c) ◆「当然人々はその女がかわいそうだと思われる。」

☞ 思われる → 思うだろう

(a)は、自分の意見を述べる時は、～ト思ウを使い、～ト思ッテイルを使わない。客観的な根拠があると思われる時は、～ト思ワレルを用いるが、「私は」などの主語はいらない。

但し、(b)のように「私は」がある場合は、～ト思ウにする。

(c)の場合は、主語は「人々」であるから、推測のダロウをつける。

❷ ◆「また、世の中の不況と就職難が安易な中退にブレーキをかけたという理由も思われるが……」

☞ 思われる → 考えられる

「思う」は自分の心の中に自然に浮かんできた感情や思想。「考える」は分析したり推論したりする頭脳作業。

❸ ◆「男の子はこれを見てびっくりして、心を痛めると思っている。」

☞ 心を痛めると思っている → 心を痛めた

◆「父は毎週台北へ来ますので、まだ寂しくないと思います。」

☞ 寂しくないと思います → 寂しくないです

◆「しかし、彼と遊ぶ時は一番楽しいと思っています。」

☞ 楽しいと思っています → 楽しいです

◆「でも、やり方が納得(なっとく)できないと思います。」

☞ 納得できないと思います → 納得できません

◆「しかし、学校の授業(じゅぎょう)は私にとって大変だと思います。」

☞ 大変だと思います → 大変です

◆「いつも疲れると思います。」

☞ 疲れると思います → 疲れます

〜ト思ウは話者の意見を述べる時に使う。話者自身の感情・心的(しんてき)状態・生理的(せいりてき)状態を自分の意見として述べるのはおかしいから、このような場合は「と思う」を使わない。

❹(a) ◆「先生の講義(こうぎ)もすばらしいなら、どの学生が授業をさぼりますか。」

☞ さぼりますか → さぼるでしょうか

(b) ◆「しかし、子供を育(そだ)てるのはそんなに単純(たんじゅん)ではないか。」

☞ 単純ではないか → 単純ではないのではないだろうか

(a)は直接疑問文(ちょくせつぎもんぶん)と修辞(しゅうじ)疑問文を取り違えた誤用。直接返答(へんとう)を求(もと)める相手(あいて)がいない場合は、ダロウカという推定(すいてい)の形(かたち)を用いる。(→**テーマ17**)

(b)のような修辞疑問文は、自分の主張することにノデハナイダロウカをつければよい。(b)の主張は「子供を育てるのはそんなに単純ではない」ということだから、それに「のではないだろうか」をつける。

❺(a) ◆「単(たん)に雄(おす)とか雌(めす)とかによって、攻撃的(こうげきてき)で力(ちから)が強(つよ)いかどうかを判断(はんだん)しようとするのは、十分(じゅうぶん)な根拠(こんきょ)がないので、成立(せいりつ)しないと思われるのではないだろうか。」

☞ と思われるのではないだろうか → のではない（だろう）かと思われる、と思われる、のではないだろうか

(b) ◆「それは例えば、休日などに映画館や行楽地へ行くと、どこも若者でいっぱいであるのを見てもわかるようだ。」

☞ わかるようだ → わかる

(c) ◆「どちらが正しいかどちらが正しくないか、それは人によって違うようだろうか。」

☞ ようだろうか → ようだ、のだろうか

主張を柔らかくするためには、〜ト思ワレルを一番最後につける。

〜ト思ワレル

〜ダロウト思ワレル

〜（ノ）デハナイ（ダロウ）カト思ワレル

それ故、(a)の思ワレルノデハナイダロウカは間違い。

(b)のヨウダは話者の推定判断を示すものなので、「わかる」という話者の心の状態を示す動詞と共には使えない。自分の心を推測するのは変だからである。

また、(c)のように、ヨウダは同じく推定のダロウと共には用いられない。

7．原因・理由を表す文型

《誤用例と解説》

◆「台湾の屋台はもう一つの特別な文化になっている。違法だけれども、人民にとっては人気がある売買場所になっている。その原因は、一般的な店より、屋台が人々の願いを満足させることができる。」

☞ その原因は、…… → それは、……からである、そのわけは、……からである

原因・理由を表す文で最も多いのが、このパターンである。文法上間違っているわけではないものの、何となく外国人臭のある日本語である。（→**語彙編2「中国語と同形異義の語」**の ⑤「原因」の項）

日本人は原因・理由を表す場合に「原因」「理由」ということばを直

接用いることは少ない。(新聞記事か報告文くらいであろう。)日常的には、ソレハ～カラダ、トイウノハ～カラダ、ナゼカトイウト～カラダなど、前部に前置きのことばを添えて文末にカラダを用いることの方が多い。文型が前部と文末に渡っている形は、よく使えないようである。「原因」という言葉でなく、「わけ」ならいま少し日本語らしくなる。日本人なら、「屋台の人気の秘密」とでも言うところであろうか。あるいは、「人気があるわけ」とも言うであろう。

8．ソウダ、ラシイ、ヨウダ、ミタイダの問題

まず、基本的な用法を整理しておこう。

(1)ソウダ(形式ナ形容詞)

①予測の用法

(a) 形容詞語幹、一部の動詞マス形 ＋ソウダ：看樣子。

外見を見て本質を予想する。動作性の動詞は、主語の意志でコントロールできる意志的動作。否定形は、～ナサソウダ、過去形は、～ソウダッタ。

例 ☞「このりんごは、おいしそうだ。」(「りんご」の外見や香りなどから味を予想する。)

☞「あの人は、お金がありそうだ／なさそうだ。」(「彼」の外見や態度などから財産状態を予想する。)

☞「彼は、いかにも勉強しそうだ。」(「彼」の外見や態度から、「勉強家」という彼の本質を予想する。)

☞「彼の行きそうな所は、皆探した。」

☞「そんなことは、いかにも彼がやりそうなことだ。」

(b) 一部の動態動詞マス形 ＋ソウダ：快要～、馬上會～。

現在の様子を見て、近未来の変化を予測する。話者の意志でコントロールできない無意志的動作。否定形は、～ソウモナイ。過去形は、～ソウダッタ。

例 ☞「寒い。風邪を引きそうだ。」(現在の「寒さ」から未来の「風邪」を予測する。)

☞「空が曇ってきた。雨が降りそうだ。」(「曇り空」から未来の「降雨」を予測する。)

☞「もう9時だ。客はもう来そうもない。」(「9時」という現在の時間から未来の「来客の有無」を予測する。)

②伝聞の用法

活用語普通形 +ソウダ：據說～。根拠のある伝聞。

情報源を示す「～によると」と共起しやすい。ソウダ自身の否定形と過去形はない。(→**テーマ5**)

例 ☞「新聞によると、明日は寒波が来るそうだ。」(「新聞」が情報源、「明日寒波が来る」が情報内容。)

(2)ラシイ(形式イ形容詞)

①伝聞の用法

活用語普通形、但し名詞・ナ形容詞の現在形は語幹 +ラシイ：根拠のない伝聞。この用法では、ラシイの否定形は、～ナイラシイ。過去形は～ラシカッタ。

例 ☞「噂では、彼は結婚しているらしい。」

☞「今度来る先生は、アメリカ人らしい。」

②形容詞語尾を作るラシイ

名詞 +ラシイ：很有～的風度。否定形は～ラシクナイ、過去形は～ラシカッタ。

例 ☞「あの俳優は強くて逞しくて、男らしい。」

☞「人は皆、人間らしい生活をするべきだ。」

（３）ヨウダ（形式名詞）

①判断の用法

活用語普通形、但しナ形容詞現在形＋ナ、名詞現在形＋ノ ＋ヨウダ：見たり聞いたりした事から分析して状況を推測・判断する（→**テーマ18**）。推量を表わす副詞ドウモ、ドウヤラと共起しやすい。否定形は～ナイヨウダ、過去形は～ヨウダッタ。

例 ☞「手紙を読むと、彼はどうも帰ってきたくないようだ。」

②類似・比喩の用法

活用語普通形、但しナ形容詞現在形＋ナ、名詞現在形＋ノ ＋ヨウダ：類似を表わす副詞「まるで」「あたかも」と共起しやすい。否定形は、～ナイヨウダ、～ヨウデハナイの二様がある。過去形は、～ヨウダッタ。また、～ヨウナ、～ヨウニ、ヨウデという形もある。（→**テーマ８**）

例 ☞「彼は怯えていて、まるで幽霊にでも会ったようだ。」

☞「彼は、まるで幽霊にでも会ったような怯え方だ。」

☞「彼は、まるで幽霊にでも会ったように怯えている」

☞「彼は、まるで幽霊にでも会ったようで、ガタガタ震えている。」

③例示の用法

活用語普通形、但しナ形容詞現在形＋ナ、名詞現在形＋ノ ＋ヨウニ：この場合は、ヨウニという形しかない。（→**テーマ18**）

例 ☞「『病は気から』というように、くよくよしていると本当に病気になるものだ。」

④祈願の用法

活用語現在形及び否定形、但しナ形容詞と名詞の現在形はデアル ＋ヨウニ：この場合も、ヨウニという形しかない。（→**テーマ５**）

例 ☞「合格するように、神社に参ってお守りを買った。」

推量一般は婉曲表現になることがあるが、ヨウダも例外ではない。
例 ☞「もう時間も遅いようですから、帰らせていただきます。」

（４）ミタイダ（形式ナ形容詞）

活用語普通形、但しナ形容詞と名詞の現在形は語幹 ＋ミタイダ：否定形は、～ナイミタイダ、～ミタイデハナイの二様がある。過去形は、～ミタイダッタ。推量を表わす口語副詞ナンダカと共起しやすい。～ミタイナ、～ミタイニという形もある。用法は、ヨウダの①②に準ずる。

① 例 ☞「手紙を見ると、なんだか彼は帰ってきたくないみたいだ。」

但し、ヨウダに対して、ミタイダは判断がやや無責任で、突き放したような含みがある。

② 例 ☞「彼は怯えていて、まるで幽霊にでも会ったみたいだ。」
☞「彼は、まるで幽霊にでも会ったみたいな怯え方だ。」
☞「彼は、まるで幽霊にでも会ったみたいに怯えている」
☞「彼は、まるで幽霊にでも会ったみたいで、ガタガタ震えている。」

但し、ヨウダに対して、ミタイダは口語的である。

《誤用例と解説》

❶ ◆「京都駅は新しくなりそうです。」
☞ 新しくなりそうです → 新しくなるそうです

❷ ◆「そばに車が停まって、金持ちそうな女の人が下りた。」
☞ 金持ちそうな → 金持ちのような

❸ ◆「この魚は動きません。死んだそうです。」
☞ 死んだそうです → 死んでいるようです

◆「この魚は動きません。死にそうです。」

☞ 死にそうです → 死んでいるようです

❹◆「私は子供の頃、女の子と遊ぶのが嫌いで、男らしい子だと言われました。」

☞ 男らしい → 男のような、男みたいな

この文型に関する限り、誤用の原因の80パーセントは、（1）の❶、（2）の❶、（3）の❶❷、（4）の❶❷をすべて中国語で「好像～」と安易に翻訳しているところから来ている、と言っても過言ではない。

❶は、ソウダの用法の混乱から来た誤用。

❷は、形態に関する誤用。予想を表わすソウダには、名詞は前接しない。名詞にはソウダでなく、ヨウダを用いる。

❸は、「好像～」という訳語に振り回された典型的な誤用。この場合には分析的な判断が入っていることから、ヨウダを使うべきである。また、中国語の「死了」は日本語では「死んでいる」とも「死んだ」とも訳されるので注意。

❹は、ミタイダにはラシイと重なる用法はない。

ソウダ、ラシイ、ヨウダ、ミタイダの文型は、互いに重なり合う意味と用法が多く、こみ入っているので、よく整理することが肝要である。

その他の品詞の問題

1．数詞の問題

①中国語では、「3個學生來了。」「她買了300公克的肉。」と数詞を名詞の前に置く（→テーマ1）が、日本語ではさまざまなパターンがある。

(a)中国語と同様、数詞＋ノ＋名詞＋助詞というパターン。欧文翻訳調なので、よほど限られた場合でないと用いられない。

☞「3人の学生が来た。」

☞「彼女は300グラムの肉を買った。」

(b)名詞＋助詞＋数詞というパターン。日本語として最も自然な形である。

☞「学生が3人来た。」

☞「彼女は肉を300グラム買った。」

(c)名詞＋数詞＋助詞というパターン。報告文や新聞記事などに用いられる。

☞「学生3人が来た。」

☞「彼女は肉300グラムを買った。」

(d)数詞＋名詞＋助詞というパターン。(b)の口語的な変形で、数詞を強調するために前に置いたもの。

☞「3人学生が来た。」

☞「彼女は300グラム肉を買った。」

② 上の４つのパターンのうち、最も自然であるのは(b)とされている。しかし、それは数量を持つ名詞が主格(しゅかく)およびヲ格の場合だけであり、他の格と共に用いられる場合には様相(ようそう)を異(こと)にする。

(a) ☞「先生が 30 人の学生にプリントを配(くば)った。」(◯)

☞「彼は、３ヵ所の学校で勉強した。」(◯)

☞「私は５軒(けん)の店へ行った。」(◯)

☞「私は５冊の本から資料(しりょう)を得(え)た。」(◯)

(b) ☞「先生が学生に 30 人プリントを配った。」(×)

☞「彼は、学校で３ヵ所勉強した。」(×)

☞「私は店へ５軒行った。」(×)

☞「私は本から５冊資料を得た。」(×)

(c) ☞「先生が学生 30 人にプリントを配った。」(◯)

☞「彼は、学校３ヵ所で勉強した。」(◯)

☞「私は店５軒へ行った。」(◯)

☞「私は本５冊から資料を得た。」(◯)

(d) ☞「先生が 30 人学生にプリントを配った。」(×)

☞「彼は、３ヵ所学校で勉強した。」(×)

☞「私は５軒店へ行った。」(×)

☞「私は５冊本から資料を得た。」(×)

(b)、(d)は自然な日本語どころか、非文(ひぶん)になってしまう。ガ格とヲ格以外は「名詞＋数量詞」または「数量詞＋の＋名詞」というパターンしか適格(てきかく)でないのである。

③ また、ふつう人間(にんげん)、本、りんごなどの個体(こたい)は一人、二人、一冊、二冊、一個、二個と数える。このような個体は同時に重(おも)さ、長(なが)さ、幅(はば)などの属性(ぞくせい)を持っている。このような属性の数量(すうりょう)（50kg、180cm など）が数詞になる時は、助詞の格如何(いかん)にかかわらず、次のようになる。

(a)「200kgの小錦が舞ノ海を跳ねとばした。」(◯)

(b)「小錦が200kg舞ノ海を跳ねとばした。」(×)

(c)「小錦200kgが舞ノ海を跳ねとばした。」(×)

(d)「200kg小錦が舞ノ海を跳ねとばした。」(×)

これは、体重や身長が個体を数える時の単位でなく、あくまで属性であり、「大きい」「高い」などの形容詞と同質の修飾語であるからである。つまり、個体数量詞以外の数量詞を用いる時は「数量詞+の+名詞」というパターンしか適格でないのである。

《誤用例と解説》

❶(a) ◆「人口は約百四十万人がいるが、多くの人は労働者だ。」

☞ 約百四十万人が → 約百四十万人

(b) ◆「野良犬は少しがいました。」

☞ 少しが → 少し

(a)、(b)とも主格であるから、上記❶のパターン(b)に該当する。数詞の後にすべての助詞は不要。

また、(b)の「少し」「たくさん」などの多量を表す副詞も数詞の一種と考えて助詞をつけない。

❷ ◆「私の家は台南の郊外ですが、市中まで大体オートバイで十五分がかかります。」

☞ 十五分が → 十五分

◆「台北で生活して、もう二十年が経ちました。」

☞ 二十年が → 二十年

時間・年月を示す数詞は、「(時間が) 十五分かかります」「(歳月が) 二十年経ちました」と、「時間が」「歳月が」等の名詞が省略されていると考えられるので、これも上記❶のパターン(b)に該当する。従って、数詞の後に助詞は不要。

2. 指示詞

ソー系統は、コー系統、アー系統よりいろいろな意味で抽象的である。(→テーマ14)

《誤用例と解説》

❶◆「留学生は、専門の勉強をする一方、この国の伝統習慣や文化なども勉強します。」

☞ この → その

上の文中の「この国」とは、「留学生の留学先の国」である。それは文中に明示されておらず、文脈から推論されるだけである。このように、指示対象が明示されていない抽象的な場合は、ソー系統を用いる。コー系統が用いられるのは、次のように指示対象が具体的に示されている場合だけである。

例 ☞「日本に留学した学生は、専門の勉強をする一方、この国の伝統習慣や文化なども勉強します。」

❷(a) ◆「『そのおじいさんはとてもかわいそうだ。』と独り言を言いました。」

☞ その → あの

(b) ◆「あの老人はもともと盲人のこじきでありました。」

☞ あの → その

(a)と(b)は同じ場面である。

(a)は、主人公の少年が「おじいさん」を自分の目で直接捉えながら語っている場面である。「おじいさん」は話者から離れたところにいるから、「あの」になる。また、場面指示の場合は、独り言なのでソ系語は使えない。

(b)は、その「おじいさん」(老人)を、ストーリーの語り手が主人公の目を通して間接的に捉えたものである。このような間接的・抽象的な捉え方をしている時は、「その」になる。これは、中国語には「その」も「あの」もどちらも「那」と言うことからくる、母語干渉であろう。

3. 複合助詞

テーマ18であげた他に、～ニ於イテ、～ニ伴ッテ、～ニ反シテ、～ヲメグッテ、～ニ際シテ、～ニ当タッテ、などがある。

《誤用例と解説》

❶(a) ◆「私に対して、以上三つの問題はどれも関係がありません。」

☞ に対して → にとって

◆「兵役は若い人に対して最も関心のあるものです。」

☞ に対して → にとって

◆「さらに、軍訓教育は若者の精神的な自由に対しては損をするものだ。」

☞ に対して → にとって

(b) ◆「私について、これは本当にショックと言えます。」

☞ について → にとって

「AハBニ対シテC」は、「AのBに対する態度がCである」という意味であるから、Aは有情物である場合が多く、非情物は稀である。これに対して、「AハBニトッテC」は、BのAについての捉え方、感じ方を表すものであり、「B以外の者はとにかく、BはAをCのように感じている」という意味であるから、Aは有情物でもよく、またBは有情物にほぼ限られる。例えば、同じ「きびしい」という述語でも「母は私に対してきびしい。」(母は私をきびしく教育する)、「兵役は私にとってきびしい。」(私は兵役をきびしいと感じる)という違いになるのである。

(b)の～ニツイテは間違いだが、「私について言えば」なら正しい。

❷(a) ◆「私たちは最近の大学生に対するアンケート調査によると、大学生の考え方がわかります。」

☞ によると → によって

(b) ◆「しかし、適当な罰というのは、人にとって異なる。」

☞ にとって → によって

(a)では、〜ニヨルトは情報源を示し、「〜からの情報では」という意味である。〜ニヨッテは手段を示し、「〜の結果」という意味である。

(b)は「〜によって違う」(毎個〜不一様)という一つの文型をなしている。

なお、会話の時に「私によると、これはよくありません。」などの表現が時々聞かれるが、〜ニヨルトの情報源は新聞、学者などある程度社会的権威のあるものがふさわしいので、私見を述べる時に「私によると」と言うのは変である。

❸(a) ◆「だから、私にとってたまごっちは興味ありません。」

☞ にとって → は

◆「体罰された子供たちにとって、一体どういう感じを持っているか。」

☞ にとって → は

◆「私にとって、大金持ちにもなりたくないし、権力や勢力も求めたくない。」

☞ にとって → は

◆「私にとって同棲に賛成している。」

☞ にとって → は

◆「私はその間違いにとって恥ずかしくて心細いです。」

☞ にとって → が

◆「この二つの考え方は、思想にとって全く相反する。」

☞ にとって → が

(b) ◆「この善良な男の子に対しては、多分少しのさびしさや、心を痛めるという気持ちがあるでしょう。」

☞ に対して → に

◆「若者にとってよく人気がある。」

☞ にとって → に

(c) ◆「豊かな文化遺産がある西欧諸国によって経済が躍進を続けているが、遺蹟もよく保存されているのである。」

☞ によって → では

◆「山口さんは、現在の場合によって、山本さんと結婚した方がいいと思います。」

☞ によって → では

◆「私の考えにとって、タクシーの運転手たちはもちろん自分の好きな政党を支えられる。」

☞ にとって → では

これは、考えすぎたせいか不要な場所に複合助詞を用いてしまった多用現象である。

特に(a)は、主格部分に～ニトッテを用いてしまう誤用が非常に多い。これは、「私にとって、たまごっちは興味のないものです。」「体罰された子供たちにとって、一体どういう感じがするか。」「私にとって、お金も権勢も求めたくないものだ。」「私にとって同棲はよい。」「私にとってその間違いは恥ずかしくて心細い。」などにすればよいのだが、文末表現の微妙な変化に対応できなかったためであろう。

(b)は、述語部分が「ある」なので、存在場所を示すニを付ければいいわけで、わざわざ複合助詞を使って文を重くする必要はない。

(c)は、複合助詞の意味をよく理解していないための誤用であろう。

4. 接続詞

接続詞（→**テーマ14**）の役割は、基本的に接続助詞に踏襲されている。例えば、ソレカラ → ～テカラ、ソシテ → ～テ、スルト → ～ト、デモ → ～テモ、ダガ → ～ガ、ケレドモ → ～ケレドモ、ソレデ → ～ノデ、ダカラ → ～カラ、など。むろん、接続詞と接続助詞では意味・用法や語法上の制約が違うものもあるし、ソコデ、マタ、など接続助詞に転換できない接続詞も多い。誤用は、順接の接続詞、特にソシテとスルトに集中している。これは、接続助詞の～テと～トに誤用が多いのと相関している。

《誤用分析と解説》

❶ ◆「西洋人が中華料理を食べる場合にはだいたいご飯を食べずにスープばかり飲むことでおなかを壊しやすい。それとも、料理のおいしさで食べすぎることも少なくない。」

☞ それとも → あるいは、また

ソレトモは、「Aですか、それともBですか。」という疑問文の中でしか用いられない。

❷(a) ◆「まさし君は、雨を避けるために、通りを走っていた。すると、傘を売る店を見て、すぐ飛び込んだ。」

☞ すると → そして

◆「ある日、お爺さんが……疲れた。そこで、木の下に座ってちょっと休んだ。すると、お爺さんが木の上の猿を見た。」

☞ すると → そして

◆「サザエさんは悪ガキに笑顔を作ってやりました。すると、サザエさんはその子供の頭をなでていました。」

☞ すると → そして

(b) ◆「彼は木の下で休みました。従って、直ちにこっくりこっくりと居眠りをしました。」

☞ **従って** → **そして**

(c) ◆「そして、父は『笑って、笑って。』と言いました。でも、子供たちはまだ笑いませんでした。ところが、彼らは『その時になったら笑うよ。』と言いました。」

☞ **ところが** → **そして**

「A。スルトB。」の場合、Bは観察者から見て意外な突発事である。観察者から見て、Aの事態から予測のつかないことがBである。物語の場合、主人公が観察者になっていることが多い。

「A。ソシテB。」は、Aの事態からBの事態が自然に続く。動作が意志的である場合は、Aの動作主とBの動作主が同じであることが多い。

(a)は、A、Bの動作主が同じで、しかも動作主自身が観察者である場合、常識的に自分自身の行為を予測できないということはあり得ない。それ故、ソシテにする。

(b)において、従ッテは因果関係を表す接続詞である。(b)は、AがBの原因とは考えられず、単にAにBが継起しているだけの関係である。また、従ッテは論文などに用いる接続詞である。それ故、ソシテにする。

(c)において、「A。トコロガB。」とは、「Aの事態からは予想されることと反対のBが起こった」という意味であるが、上の例では「Aが起こって、Bが起こった」という繋がりになっている。それ故、ソシテを使う。Bガ直前の文Aと反対の関係の場合に初めてトコロガが使えるのである。

❸(a) ◆「お爺さんは困(こま)ったと思いながら、頭を掻(か)きました。そして、猿ちゃんはそれを真似(まね)しました。」

☞ そして → すると

◆「お爺さんは少し疲れたので、木の下で寝ました。そして、猿たちは枝(えだ)を下(お)りてお爺さんの帽子(ぼうし)を取りました。」

☞ そして → すると

(b) ◆「男の子は……走っていきました。そこで、盲人(もうじん)の前である女(おんな)の人が車を降(お)りました。」

☞ そこで → すると

(c) ◆「トマスは猿の動作(どうさ)を見ると『わかった』と叫(さけ)びました。すると帽子を捨(す)てました。そして、猿も帽子を捨てました。」

☞ すると → そして

☞ そして → すると

(a)の後件(こうけん)はいずれも前件(ぜんけん)からの自然(しぜん)な結果(けっか)ではなく、観察者（お爺さん）から見て意外な結果である。それ故、スルトを用いる。

また、(b)のソコデは、前件をきっかけとして後件の動作を起こすということであり、後件の動作は前件から予測された意図的なものでなければならない。だが、「ある女の人が車を降りた」のは観察者（男の子）にとって意図的な動作でなく偶発(ぐうはつ)的・意外的な ことだからスルトを用いる。

(c)は、スルトとソシテが反対になった例。

❹ ◆「だが、一方(いっぽう)ではガットに加入(かにゅう)してから、関税(かんぜい)がさがるに違(ちが)いありません。」

☞ だが → しかし

ダガは普通体(ふつうたい)の文体(ぶんたい)の中でのみ用いられる。

❺(a) ◆「お爺さんはやっとわけがわかりました。そして、お爺さんは帽子を投(な)げ捨(す)ててみました。」

☞ そして → そこで、それで

◆「盲(めくら)のおじいさんは、お金をくださった人はこの金持(かねも)ち女(おんな)だと思っていました。それに、この女にお礼(れい)をしました。」

☞ それに → そこで、それで

(b) ◆「しかし車の中にいる人は、『だめだね。』と返事(へんじ)しました。そこで、その人はかんしゃくを起(お)こしました。」

☞ そこで → それで

◆「サザエさんは頭(あたま)から湯気(ゆげ)を出して、かんしゃくを起こしました。すると、その車のドアを蹴飛(けと)ばしました。」

☞ すると → それで

◆「おじいさんが帽子を投げ捨てると、猿もそうしました。すると、おじいさんはうれしくて笑いました。」

☞ すると → それで

いずれも「軽(かる)い理由」を表すから、ソレデを用いる。(b)は後件が意図的な動作ではないから、ソコデは使えない。

❻(a) ◆「こうして、近い将来(しょうらい)に両方(りょうほう)の関係(かんけい)は改善(かいぜん)されるに違いない。」

☞ こうして → こうすれば

(b) ◆「おじいさんは冷静(れいせい)に帽子を投げ捨てました。こうして、猿たちも帽子を木の上から投げ捨てました。ですから、頭がいいお爺さんはやっと帽子を全部回収(かいしゅう)できました。」

☞ こうして → すると

☞ ですから → こうして

コウシテは物語の結末(けつまつ)を語(かた)る時に用いる。(b)の結末部分には用いられるが、(a)のように結末が筆者(ひっしゃ)の予測である場合には、コウシテは使えない。これは、テとバの誤用でもあろう。

5．疑問詞（ぎもんし）

疑問詞には、次の用法がある。（→**文法編3「助詞をめぐる問題」**）

①直接疑問（ちょくせつぎもん）（会話（かいわ）の場面だけ）：疑問詞＋？

例 ☞「トイレはどこですか？」

②全称肯定（ぜんしょうこうてい）：疑問詞＋助詞＋デモ／疑問詞＋動詞テ形＋モ

例 ☞「誘（さそ）われれば、どこへでも行く。」

☞「どこを見ても、人ばかりだ。」

③全称否定（ひてい）：疑問詞＋助詞＋モ＋否定語／疑問詞＋動詞テ形＋モ＋否定語

例 ☞「疲（つか）れたから、今日（きょう）はどこへも行かない」

☞「どこを探（さが）しても、見つからない。」

④自由選択（じゆうせんたく）：疑問詞＋カ（＋助詞）（最後の助詞は省略可能（しょうりゃくかのう））

例 ☞「どこに行くか（を）、まだ決（き）めていない。」

☞「誰が選（えら）ばれるか（が）、問題だ。」

この中で最も誤用が多いのは、④自由選択である。

《誤用例と解説》

❶ ◆「お腹（なか）が空（す）いていましたから、何も食べました。」

☞ 何も → 何でも

◆「私の体は大きくて、どの服でも合いません。」

☞ どの服でも → どの服も

これは、全称肯定と全称否定とを取り違えた誤用である。

❷ ◆「私は友達がどんなに勧（すす）めますが、あそこへ行きませんでした。」

☞ どんなに勧めますが → どんなに勧めても

これは、「疑問詞＋動詞テ形＋モ」の文型が使（つか）いこなせなかった例であろう。

中国人学生の誤りやすい表現

❸◆「でも、その時はいつ行くかどうか知りません。」

☞ いつ行くかどうか → いつ行くか

疑問詞のあるカ節には、「どうか」は必要ない。

❹◆「人民の気持がどう変わったのを、政府は知らなければなりません。」

☞ どう変わったのを → どう変わったか、どう変わったかを

◆「でも、いつそのような政策を行うことは、明らかでないです。」

☞ いつそのような政策を行うことは → いつそのような政策を行うか（は）

学生は、この自由選択のカがとにかく使えない。カ節は目立たないが、よく訓練すべきであろう。

練習解答

第三部　ちょっと堅いテーマに挑戦してみよう

◎テーマ 13

1．①しかし　②そこで　③そして　④それで　⑤すると　⑥そして
　⑦ところが（または、しかし）

◎テーマ 14

1．①が　②は　③は　④が　⑤が　⑥が　⑦が　⑧が　⑨は　⑩が
3．①こ、または、あそ　②こ　③そ　④こ、そ　⑤そ　⑥そ　⑦こ
　⑧そ

◎テーマ 15

1．①この科目：政治・行政学
　④これ：前段②の内容
　⑤それ：アメリカで夫婦が同姓になること
　その証拠：アメリカの夫婦同姓は支配者の住民管理によるものではないこと
　これらの国：中国と韓国
　⑥こういう前近代的な制度：戸籍制度と夫婦同姓
　⑦それ：「夫婦別姓は家族の団結を壊す」という夫婦別姓反対論者の言
2．①一家の柱で、普段は特権を与えられているが、一旦事あれば家族の面倒をすべて見なければならない（長男）
　②飲むと一時的には痛みが沈静されるが、長期に使用するといろいろな副作用が出るので、日本では発売禁止になっている（ステロイド系の止痛薬）
　③誰からも嫌われるが、本当は自身が一番苦しんでいる（エイズ患者）
　④広大無辺の宇宙の中で、一粒の砂ほどの大きさもない（私たちの存在）
　⑤学校制度が変わった結果、大衆化されて、学生の層も幅広くなってきた（大学）

3．①品質　②国際、あるいは、世界　③破壊、あるいは、危機
④集団、あるいは、付和雷同　⑤物質

◎テーマ16

1．①一番優れているのは、王さんです。
②特に頭が痛いのは、試験の日です。
③特に美しかったのは、主演女優です。
④お父さんが医者なのは、陳さんです。

2．①政治への怒り、または、政治に対する怒り
②国への抗議、または、国に対する抗議
③子供の家出
④死体の遺棄
⑤東京までの乗車
⑥敵への恨み、または、敵に対する恨み
⑦事件への対応
⑧勝者への冠の贈呈、または、勝者に対する冠の贈呈
⑨日本の中国への侵略、または、日本による中国の侵略、または、日本による中国への侵略
⑩大統領の各地の訪問、または、大統領の各地への訪問、または、大統領による各地の訪問、または、大統領による各地への訪問

◎テーマ18

1．①に対して、に対して　②にとって　③にとって
④にとって、に対して　⑤にとって、にとって
⑥にとって、あるいは、に対して

2．①によって　②によると　③によって　④によって　⑤によると

◎テーマ19

1．①ないで　②なくて　③なくて（口語では「ないで」も可）
④なくて（口語では「ないで」も可）⑤なくて　⑥なくて（口語では「ないで」も可）　⑦ないで　⑧ないで　⑨なくて（口語では「ないで」も可）　⑩なくて（口語では「ないで」も可）

索 引

ア

イ

オ

カ

キ

ケ

コ

サ

シ

ス

セ

ソ

タ

チ

ツ

テ

ト

ナ

ニ

ネ

ノ

ハ

ヒ

フ

ヘ

ホ

マ

ミ

メ

モ

ヤ

ユ

ヨ

ラ

リ

レ

ワ

ヲ

［著者略歴］

東京生まれ

日本・お茶の水女子大学文教育学部哲学科卒業、法政大学大学院人文科学研究科哲学専攻修士課程修了、同博士課程修了、国立国語研究所日本語教育長期研修Ａコース修了。1989年交流協会日本語教育専門家として来台、3年間勤務。現在国立政治大学日文系副教授。

［主要著書］

・「テ形の研究－その同時性・継時性・因果性を中心に－」 1997、大新書局；台北
・「たのしい日本語会話教室」2004、大新書局；台北

［主要論文］

・『台湾に於ける中国語話者が誤りやすい日本語の発音』
　1993、台湾日本語文学会「台湾日本語文学報4」；台北

・『原因・理由としての「のだ」文』
　1993、台湾日本語文学会「台湾日本語文学報5」；台北

・『台湾人学習者における「て」形接続の誤用例分析－「原因・理由」の用法の誤用を焦点として－』 1994、日本語教育学会「日本語教育84号」；東京

・『「て」形接続の誤用例分析－「て」と類似の機能を持つ接続語との異同－』
　1994、台湾日本語文学会「台湾日本語文学報6」；台北

・『テ形・連用中止形・「から」「ので」－諸作品に見られる現われ方－』
　1995、台湾日本語文学会「台湾日本語文学報8」；台北

・『場所を示す「に」と「で」』
　1996、政治大学東方語文学系「東方学報第五輯」；　台北

・『「言い換え」のテ形について』
　1996、政治大学東方語文学会「台湾日本語文学報9」；台北

・『「言い換え前触れ」のテ形について』
　1996、日本語教育学会「日本語教育91号」；東京

・『連体修飾における形容詞のテ形修飾とイ形修飾』
　1997、台湾日本語文学会「台湾日本語文学報10」；台北

・『テ形「付帯状態」の用法の境界性について－「同時性」のパターンと用法のファジー性－』 1997、台湾日本語文学会「台湾日本語文学報11」；台北

・『「原因・理由」のテ形の成立根拠－その「自然連続性」から導き出される制約－』
　1998、台湾日本語文学会「台湾日本語文学報13」；台北

・『副詞「もう」が呼び起こす情意性－中国語話者の「もう」の使用に於ける母語干渉－』 1999、日本語教育学会「日本語教育101号」；東京

・『日本人の「一人話」の分析－中級から上級への会話指導のために－』
2002、台湾日本語文学会「台湾日本語文学報 17」; 台北

・『日本語の授受表現の階層性－その互換性と語用的制約の考察から－』
2003、台湾日本語文学会「台湾日本語文学報 18」; 台北

・『日本語の「依頼使役文」の非対格性検証能力－テモラウ構文の統語的制約－』
2004、政治大学日本語文学系「政大日本研究　創刊号」; 台北

・『習慣行為を表すスルとシテイル－性質叙述性と外部視点性－』
2004、台湾日本語文学会「台湾日本語文学報 19」; 台北

・『指示詞コソアの振舞いの一貫性－縄張り理論の再検討－』
2004、台湾日本語教育学会「台湾日本語教育論文集 8」; 台北

・『対定型句におけるコソアドの振舞いと左右行列』
2005、政治大学日本語文学系「政大日本研究　第 2 号」; 台北

・『「気持ち」と「気分」の意味素性分析』
2005、台湾日本語文学会「台湾日本語文学報 20」; 台北

・『「気持ちがいい」と「気分がいい」の意味素性分析』
2006、政治大学日本語文学系「政大日本研究　第三号」; 台北

・『感情形容詞連用形の副詞用法の制約－「義経は気の毒に死んだ」は何故誤りか－』
2005、台湾日本語教育学会「台湾日本語教育論文集 9」; 台北

・『日本語の中止形「V-Te」と「V(i)」の相違－形態論・統語論・語用論からの比較－』
2006、台湾日本語教育学会「台湾日本語教育論文集 10」; 台北

[会議論文]

・『場所を示す「に」と「で」－「海辺に遊ぶ」という表現はいかにして可能になるか－』1996、台湾日語教育学会「第二屆第四次論文発表会」; 台北

・『「魚の焼ける煙」という誤用はいかにして生じるか－「変化の結果」を示す連体修飾表現－』1998、台湾日語教育学会「日本語文学国際会議」; 台北

・『日本人の一人話－文の長さからの分析－』
2004、日本語教育学会研究大会 ; 東京

・『理由節を作るカラとノデ－統語的制約の相違と用法の相違－』
2004、台湾日本語教育学会「日語教育與日本文化研究国際学術検討会」; 台北

・『日本語の二つの中止形「V-Te」と「V(i)」の相違－形態論及び文章論からの比較－』
2006、台湾日本語教育学会「日語教育與日本文化研究国際学術検討会」; 台北

たのしい日本語作文教室Ⅱ 改訂版（文法総まとめ）

2000 年（民 89）12 月 15 日 第 1 版 第 1 刷 發行
2017 年（民 106）8 月 1 日 第 2 版 第 5 刷 發行

定價 新台幣：280 元整

編著者　吉田妙子
插　圖　張永慧
發行人　林駿煌
發行所　大新書局
地　址　台北市大安區 (106) 瑞安街 256 巷 16 號
電　話　(02)2707-3232・2707-3838・2755-2468
傳　真　(02)2701-1633・郵政劃撥：00173901
法律顧問　中新法律事務所　田俊賢律師

香港地區　香港聯合書刊物流有限公司
地　址　香港新界大埔汀麗路 36 號 中華商務印刷大廈 3 字樓
電　話　(852)2150-2100
傳　真　(852)2810-4201

ISBN 978-957-8279-40-7 (B366)